錯綜する人と空間

プロレタリア作家の中国像

Interlaced People and Space:
Chinese Image of Proletarian Writers

李 雁南［著］
LI Yannan

有信堂

錯綜する人と空間――プロレタリア作家の中国像／目　次

序章

近代日本文学における中国人像

第一節　近代日本文学における中国人像

明治維新以来、日本と中国の往来はほとんど絶えることなく、今日まで続いてきた。途中に戦争があり、日本の中国に対する植民占領があり、新中国が成立したあとの民間外交があり、また一九八〇年代以降の中国の改革開放に伴う頻繁な人員往来もあった。日本の文学者はさまざまな形で中国を体験し、またさまざまな中国人像を作り上げた。

一　見下ろされる中国人

国木田独歩は従軍記者として日清戦争の時すでに「愛弟通信」を『国民新報』に連載した。軍艦に宿泊して「上陸地の光景」の段落でわずかの上陸の間に見た大陸の風景を描き、「艦上より平蕪の曠原と見しは、総て大耕作地にして満目茫々、殆ど玉蜀黍の刈株のみなりし。」[1]と心を打たれ、「大耕作地」である満洲を日本の物にしようとする欲望がその裏に働いていたことが浮かんでくる。また「五十余の勇士金州半島にあらはる」[2]の段落で、日清戦争などどこのことなのかと全然知らずに自分の米櫃だけを心配していた中国の百姓を

「愚！」という一字で形容した。ほぼ一〇年後、森鴎外は日露戦争の時軍医として満洲に一年半の間逗留し、『うた日記』で「あら磯に隣る畠の畝づくり民のいそしみ見るがうれしさ[3]」で、戦争のことに関心がなく悠然と畑仕事に専念した中国人の大人しさをうれしがっていた。国木田独歩が中国に来たときは軍艦に乗る従軍記者で、森鴎外は第二軍の軍医総監であった。そういうこともあって、彼らが描いた中国人像にはどうしてもイデオロギーと切り離せないものが感じられる。中国を日本の植民地にしようという潜在意識を持って、大人しくて国家意識を持たない中国人像を作り上げたのもそのためであろう。

一九〇六年夏目漱石はかつての同窓、満鉄総裁の中村是公の招きに応じて豪華な「満鉄の旅」をし、『満韓ところどころ』を書いて、中国で今盛んに研究されている「満鉄鉄道叙述[4]」の始まりとなったが、漱石は高いところから中国を見下ろし、古代中国へのあこがれと現実の中国に対する嫌悪という分裂した中国観を持っていると考えられる。まだ船の中にいた時から、中国人車夫を「クーリー」と呼んで、「一人見ても汚らしいが、二人寄ると尚見苦しい。こう沢山塊ると更に不体裁である。[5]」と書いたが、それがのちには大部分の日本人作家の中国に対する第一印象となってしまったのである。たとえば漱石に学んだ芥川龍之介も「上海遊記」において、「支那の車屋となると、不潔それ自身と云っても誇張じゃない。その上ざっと見渡した所、どれも皆怪しげな人相をしている。[6]」と書き、まったく漱石の言葉の言い換えのようなものであった。しかし、その反面、大豆工場を見物した漱石は「この素裸なクーリーの体格を眺めたとき、余は不図漢楚軍談を思い出した。昔韓信に股を潜らした豪傑は屹度こんな連中に違いない。」と書いて、強引にでも現実の中国と漢籍から読み知った古代中国のイメージとをつなぎ合わせようとした。その意趣も同じように芥川龍之介に継承され、中国の旅においていつでも古代中国の面影を現実に見出そうと努めたのである。たとえば、西湖の東岸で休憩したとき、「水際には青服の支那人が三人、一人は毛を抜いた鶏を洗い、一人は古布子の洗濯をし、一人はやや離れた柳の根がたに、悠悠と釣竿を構えている。(中略)私は確かに一瞬間、赤煉瓦を忘れ、センキイを忘れ、この平和な眼前の景色に、小説めいた気もちも起こす事が出来た。——石碣村の柳の梢には、晩春の日影が当っている。阮小二はその根がたに座ったまま、さっきから魚釣りに余念がない。阮小五は鶏を洗ってしまうと、庖丁をとりに家の中へはいった。『鬢に石榴の花を挿し、胸には青き豹を刺し』た、あの愛すべき阮小七は、いまだに古布子を洗っている。」と、西湖の岸で偶然出会ったごく普通の中国人を見て芥川はたちまち『水滸伝』の豪傑を思い出し、「小説めいた気もち」が湧いてきてしまう。それは夏目漱石が大豆工場の苦力を見て韓信を思い出すのとまったく同じ意趣であった。

大正年代に入ってから、谷崎潤一郎が中国に行ったのは一九一八年の年末で、朝鮮から満洲に入り、北京・蘇州・杭州・南京を回って、中国の江南地域を「美味・美景・美女によって構築された天国」[7]として描いた。わずか二年後夏目漱石と谷崎潤一郎の中国ものを読んで古典に描かれた中国へのあこがれを抱いて、芥川龍之介が一九二一年三月上海から中国に入り、まず江南、それから北京、満洲を回って、一二〇余日の大旅をし、最後に朝鮮から帰国した。谷崎潤一郎の南下ルートと反対の北上ルートであった。おいしい中華料理を食べて異国情緒を満喫して中国体験を楽しんだ谷崎潤一郎と、上海で肋膜炎で三週間も入院し、中国の俗悪な近代化に嫌悪の情を抑えられなかった芥川龍之介の対照はおもしろい。

それにしても、夏目漱石をはじめ、芥川龍之介も中国が大好きな谷崎潤一郎も、漢籍で読み知って中国に行く前に期待していた中国だけに興味津々で、日本にやや遅れても近代化の道を歩み始めた中国の現実をあるいは回避し、あるいは批判をしていた。古代の中国をいつまでも引き止めようとする彼らは漢籍に描かれた古代中国が懐かしい。しかしその反面、中国の近代化が本格的に進めば、中国に対する日本の優越感がなくなり、アジアには日本の競争相手ができるのではないかという民族的コンプレックスの存在も見逃せない。こういった日本知識人は戦乱に陥った中国の現実から目をそらし、苦しい生活に喘いでいた中国の一般民衆に対して同情の念など毛頭なかった。

二　仲間と見なされる中国人

谷崎潤一郎と芥川龍之介よりやや遅れて、一九二〇年代初頭からプロレタリア作家たちが関東大震災後に実施された治安維持法のため、東京から追い出されたり憲兵に目をつけられたりして日本にいられなくなり、中国、特に満洲に逃亡することが多くなった。里村欣三が一九二二年一〇月末から一九二四年の秋にかけて二回満洲に渡り、平林たい子が一九二四年に満洲で一年間放浪したのである。谷崎潤一郎と芥川龍之介とほぼ同時代の中国体験であるにもかかわらず、新聞社の派遣を受けて中国に来てお金の心配がなく帝国の植民者という優越感を潜在意識に持って異国情緒にひたろうとした前者と違って、里村欣三や平林たい子らはほとんど無一文の状態で中国に逃げたのである。日本という帝国国家の庇護は彼らに及ばなかった。それどころか、里村は徴兵忌避で憲兵に睨まれ、平林も内乱罪で恋人を日本の警察によって旅順の監獄に入れられた。彼らは帝国の一員でありながら帝国から追い出され、非国民扱いされた者である。そのため、中国人に対して先進国から来た人間という優越感を持つ一方、中国人よりも惨めな境遇にいることから中国人、特に中国の労働者を自分と同じ階級に属する人間ということから彼らと自分たちとを同一視し、彼らに階級的連帯感を感じた。

里村欣三は中国の苦力といっしょに働き、「なァ労働者には国境はないのだ、お互に働きさえすれば支那人であろうが、日本人であろうが、ちっとも関った《（ママ）》ことはねえさ。まあ一杯過ごして元気をつけろ兄弟！[8]」と、中国の苦力頭から励まされた。それはプロレタリア・インターナショナリズムの反映であり、いっしょに働くことで、労働者の間に国境を越えた強い連帯感ができたのである。また、平林たい子は『敷設列車』において、苦力たちが日本人監督に不意打ちを食わせて北上すべき列車を南へ戻した過程を描写し、満鉄の鉄道で働く中国人労働者の階級闘争と排日運動を躍動的に描いた。平林たい子は情熱的に中国人の革命的動きを取り上げ、「彼らは『夜が明けた！』という歌をうたい出した。汽車は夕暮に向って走り、闇に向って走り、暁に向って走り、また、光線の中を走って通り抜けた。彼らは病人の世話や炊事や、運転の仕事を分担して役員をつくり、不完全ながら委員会も成立させた。[9]」と書き、中国人労働者の排日運動の勝利に賛歌を歌い上げた。中国人は日本人にとっての他者ではなく、革命的主体として作品に登場し、日本人監督を制圧して、労働者の自治組織を立ち上げるのに成功したのである。平林たい子だけではなく、黒島伝治も『武装せる市街』という長編小説で中国山東省の済南市を舞台にして、「高取は、職長を殴りつけて、工人への給料を全額、暴力で払わしていた。[10]」と、日本軍隊の下級兵士と階級意識に目覚めた中国人労働者の連合革命の動きを描き、革命的な中国人像を作り上げたのである。また、中西伊之助は完全に中国人の視点に立って『軍閥』という大作を書いて、軍閥の残虐な独裁政治を批判し、中国の農民と労働者と兵士の階級闘争と反帝国主義闘争の様子を描出した。

これらプロレタリア作家は中国の労働者といっしょに働き、社会最下層の生活を身をもって舐め尽くした。高踏的で中国の民衆の苦痛に目もくれない夏目漱石や芥川龍之介らの知識人と違って、プロレタリア作家たちが見たのは真実の中国であり、裏の中国であった。彼らは戦乱に苦しめられた中国人労働者たちに心から同情し、日本帝国主義をはじめとする独占資本階級の政権を批判し、無産者の階級的解放を目指して日中労働者の連合革命を呼びかけた。彼らが描いた中国こそ本当の中国であり、彼らが描いた中国人こそ一般的でリアルな中国人であるといえよう。

三　中国人像の変遷

一九三〇年代に入って、横光利一の長編小説『上海』を嚆矢に、いわゆる芸術派の作家たちも古代中国に対するあこがれが消えて、ようやく中国の現実に直面するようになった。しかし、横光利一は『上海』において芳秋蘭という革命的な中国人女性像を作り上げた一方、ゼネストで混乱に陥った上海を魔術的リアリズムの手法で描き、ストに集まる中国女工の群れをデパートの天井の窓から逆さに見て、「その窓のガラスには、動乱する群衆が総て逆様に映っていた。それは空を失った海底のようであった。無数の頭が肩の下になり、肩が足の下にあった。彼らは今にも墜落しそうな奇怪な懸垂形の天蓋を描きながら、流れては引き返し、引き返しては廻る海藻のように揺れていた。[11]」と、擬物化手法で人間としての女工の主体性を奪い、ストを無意識な妄動に帰し、中国共産党が組織した最初の大規模労働者運動に対する否定的な態度を表明した。

その後、長い戦争の間、中国は敵国・植民地として描かれていた。

戦後、中国は安部公房の『終わりし道の標べに』、武田泰淳の『蝮のすゑ』をはじめとする敗戦ものの中で逃れられない悪夢として描かれた一方、清岡卓行の『アカシヤの大連』などで第二の故郷、精神の古里として懐かしまれた。

中国人像の本質的な変化は野間宏の「新中国訪問」『写真・中国の顔』、村山知義の「中国のことをすこし」「『紅岩』の地をたずねて」などをはじめとする新中国訪問記において現れたのである。当時は一九六〇年代で日中の間にまだ正常的な国交関係がなかった時代である。中国政府は「民間外交」を推し進め、各界の日本の民間有名人を中国に招いて、新中国の社会主義建設の成果を日本に伝えようとした。同時に日本の安保闘争を支持し、中日反米同盟を建てようとする政治意図も含まれていた。野間宏は新中国の建設を絶賛し、村山知義も中国人の勤勉さと優しさに深く心を打たれたのである。

野間宏は中国の工場を見学したあと、「今の中国は、戒律と礼節の国である。嘗ての上海にみられたような享楽と頽廃の面はすこしもない。[12]」と書いて、中国の変わりぶりに少なからず驚かされた。新中国の明るいイメージが近代以来の暗い植民地のイメージに優って新しい中国像を形成したのである。また、野間宏は中国の労働者が作った詩を見て、「訳すとたちまち面白いものが落ちてしまうが、赤、緑、黄の紙に書き込まれた詩が、このように職場にみちあふれている光景は、じつに気持がよく、私はまったく魅せられる思いをした。[13]」と書き、「労働者の知識人化」に感心したのである。

同じように、村山知義も中国人労働者の勤勉さと熱心さに感心して、「中国では、どこへ行っても感じることだが、こういう案内人が一人の例外もなく、実に熱心で、何とかして観覧者に充分に分かってもらおうとして、全力をつくして説明してくれる。（中略）どんな職種でも、それを責任をもって果そうと一生懸命になっている姿勢にはまったく頭が下がる。[14]」と書いた。

これら訪中した日本人作家の紀行文では、中国の労働者は社会主義国家建設のために一生懸命に働き、労働者の詩を読み上げたり、日本の安保闘争に関心を寄せたりして、旧時代の苦力とはまったく関係のない新しい中国人像をなしていたのである。しかしながら、その反面、彼らが中国に滞在していた間、自由な行動がとれず、中国政府の手配した場所にいて、手配した活動にしか参加できなかった。当時の中国は実際経済の発展がまだまだ遅れて、大躍進という誤った経済政策のせいもあって、多くの人が十分に食べられない状態であった。野間宏たちが見たのは当時の中国政府が彼らに見せたい中国だけであり、輝かしい社会主義国家の理想的幻像でしかなかった。それを意識もせず、彼らはもっぱら自分の目の前の仮装に心を奪われたのである。その意味では野間宏たちが描いたのは社会主義理想国の中国の幻影であったといえよう。

四　中国人作家の日本語文学における中国人像

一九八〇年代に入って中国の改革開放に伴って日中の経済・文化交流が爆発するようになり、同時に日本人が中国に行って全く新しい中国体験を積み上げ、高樹のぶ子の『甘苦上海』など、日本人が中国で体験した国際的大都会の生活と中国人との恋愛を描く小説が生まれ、また、中国人も留学生・旅行者・移民者などさまざまな身分で日本に行き、日本語で中国人の日本体験や中国のことを書く作品も現れてきた。小草の『日本留学一〇〇〇日——北京っ娘の東京体験』のような中国人留学生の日本体験を実録的に書いた作品や、二〇〇八年芥川賞を受賞した楊逸のように中国人作家によって日本語で書かれた中国像も現れたのである。中国研究者の呉奕錡らがこの新しい時期の中国人作家の日本題材文学の特徴を「写実性、疎外性、道徳性[15]」とまとめ、この時期の作家たちが日本語と中国語で自分自身の体験から越境した中国人が真新しい環境の中で生きていくために一生懸命に働き、異文化との出会いと衝突の中で自分の新しい位置づけとアイデンティティを探すのを描いたと指摘した。

「社会から隔離された、南鮮府の厨房という小さな異空間に閉じ籠るようになってからは、中国での時間のみならず、日本での時間も、自身の人生も来日した日に止まったままになっているのではないかと、今さらながら、はたと気づいた。ぞっとしてくる。[16]」これは楊逸の長編小説『獅子頭』の主人公、料理人二順が日本の中華料理店で七年あまりも働き、なお「日本」という異空間に疎外され、異国生活の中ではどうしても安心感と満足感を持つことのできないことを意識した一節である。二順はあまりまともな教育を受けたことのなかった中国移民者の典型で、彼らの異国における努力と焦燥と絶望はまた近代以来のどの時代とも異なるものであった。

楊逸らの文学は実体験から素材を得た面で、戦前のプロレタリア作家の中国題材文学とよく似ている。また、両者は同じようにいわゆる文化人的趣味がなく、社会のどん底に生きるごく一般の民衆に目を向け、彼らの生活の艱苦や精神の彷徨を描き、彼らの平凡でありながら波乱万丈な越境の体験を描いた。この点からいえば、戦前のプロレタリア文学も越境した主体とその主体が見聞した客体を描いたのである。違うのは、プロレタリア文学の場合は日本人が中国に越境して、主体は日本人で客体は中国人であるのに対して、一九八〇年代以降の中国人日本語文学は中国人が日本に越境して、今回は主体は中国人で客体は日本人に逆転してしまったわけである。

このように、近代以来、日本文学における中国人像は植民対象であったり、異国情緒を煽ぎ立てる旅の途上の風景の一部であったり、日本の無産者といっしょに働くプロレタリアートであったり、社会主義理想国の完璧な労働者であったり、また越境した主体であった。これらの中国人像の変遷の裏には日本帝国主義イデオロギーがあり、プロレタリア・インターナショナリズムがあり、新中国に対する憧憬があり、また日本という異空間に越境した外来者に対する疎外と同情と関心があった。

近代日本文学における中国人像は結局創作主体である日本作家――日本人作家と日本語で書く外国人作家を含めて――によって創造されたもので、その存在自身は作家の中国認識の投影である。創作主体によって中国人像を大きく分ければ二種類のものがあると考えられる。一つは作家の従軍か旅行といった短時間で外来者としての中国見聞によるものである。この場合、中国人はよその他者であり、異国趣味をもたらす旅の途上の風景の一部であり、作家自身と直結できない観察の対象であり、一言でいえば、無言な他者である。

それに対して、もう一つは作家の実体験から得た中国人像で、そこにはたとえ国籍や民族の違いがあっても、中国人との共同生活があり、似たような境遇があり、現実社会に対する共鳴があるため、この場合の中国人像は単なる観察の対象ではなく、創作主体である作家に内在された自己そのものにほかならない。

第二節　近代日本文学における中国像についての先行研究

近代日本文学における中国像について、今まで日本にも中国にもたくさんの先行研究があった。

日本のほうからいえば、竹内実は『日本人にとっての中国像』[17]において大東亜共栄圏における難民の思想、建国の思想、宣撫の思想を分析し、昭和文学における中国像を戦前・戦中・戦後に分けてまとめた。また、祖父江昭二は『近代日本文学への射程――その視角と基盤と』[18]において、夏目漱石、谷崎潤一郎、横光利一やプロレタリア作家たちの中国の旅を述べ、主に戦前の日本人作家の中国体験をまとめた。

そのほか、個々の作家と中国の関係に言及する著書や論文が数え切れないほどあるが、わざわざある作家の中国体験と中国題材文学を主題に取り上げた論著はかえって数少なかった。西原大輔の『谷崎潤一郎とオリエンタリズム』[19]の副題は「大正日本の中国幻想」で、大正年代のオリエンタリズムと支那趣味、印度趣味や、谷崎潤一郎の中国体験と中国文人との交流について詳しく述べた。また、大家眞吾が『里村欣三の旗――プロレタリア作家はなぜ戦場で死んだのか』[20]において、里村欣三の生涯を詳しく述べ、里村欣三の満洲逃亡や一兵士として中国中部地方を転戦した経歴に触れた。北京大学歴史学部に留学していた井上桂子が「抗日」の日本人作家鹿地亘を取り上げて、『中国で反戦平和活動をした日本人――鹿地亘の思想と生涯』[21]において鹿地亘が中国で展開した抗日活動と文学創作を詳しく述べた。これらの研究は日本人研究者らしい行き届いた資料収集を基底に、作家の中国体験を詳しく客観的に述べたのが特徴である。

もう一方、近代史上で日本と特別な関係のある中国の地域やそれを舞台とする作品も研究の対象となったのである。たとえば、満洲については、川村湊の『文学から見る「満洲」――「五族協和」の夢と現実』[22]などが数えられる。川村湊は「満洲文学」の創作主体を日本人、「満洲人」、在満朝鮮人、白系露人などに分けてそれぞれについていくつかの代表的な作家と作品を取り上げて、いわゆる「満洲文学」を全面的に分析した。また、「魔都」上海も研究の対象となり、在日中国人学者の研究が特に盛んであった。たとえば、趙夢雲は『上海・文学残像――日本人作家の光と影』[23]において、田岡嶺雲、芥川龍之介、村松梢風、横光利一、火野葦平、武田泰淳の上海体験を述べて彼らの上海題材文学を分析した。劉建輝は『魔都上海』[24]において、近代日本知識人たちの上海体験を鳥瞰的にまとめ、モダニズムというキーワードで上海という国際大都市が日本人に与えた衝撃と感動について述べた。そのほか、戦時下の日本と中国の文学的かかわりについて、杉野要吉は「日本占領区」になっていた北京における中国人と日本人作家の動きをまとめて『淪陥下北京1937―45　交争する中国文学と日本文学』[25]を書いた。また戦時中の中国戦線について、荒井とみよは林芙美子や佐藤春夫などの従軍記や尾崎士郎をはじめとする「ペン部隊」の人たちの戦場ものを取り上げて、『中国戦線はどう描かれたか――従軍記を読む』[26]を書いた。

中国では近代日本文学における中国像についての研究は近年盛んになり、特に日本の中国に対する侵略戦争と関係のある作品におけるイデオロギーについての研究が多かった。中国の外国文学研究分野で最も重要な学術誌『外国文学評論』を例に取り上げれば、阿部知二の『北京』における「脱政治化」傾向を論じる論文「『脱政治化』と『理知的行動主義』の破産」[27]と、日本人作家に描かれた北京人力車夫の形象を論じる論文「『近代』の明暗と同情の国界――近代日本文化人が描いた北京人力車夫」[28]はともに日本近代作家と北京のかかわりを取り上げた論文である。「史跡評価・歴史回顧と〈ロマンチックな遠征〉

――保田与重郎『蒙疆』における〈満蒙鮮支〉[29]」および「〈戦争反対〉から〈戦争支持〉へ――与謝野晶子の〈満蒙〉の旅を中心に[30]」の両文は保田与重郎と与謝野晶子の「満蒙」体験を論じ、対中国侵略戦争の本格化に伴った日本文人の政治意識の変化を指摘した。また「街角の白いエプロンと戦場の赤頭巾――林芙美子の小説における女性身体[31]」は一九三七年の林芙美子の南京の旅を踏まえて、林芙美子が従軍作家になった原因と従軍作家としての文学活動を分析した。それに、「岡倉天心の中国旅行と中国認識[32]」は岡倉天心が一八九三年の中国旅行を機に東洋の美術が中国を中心として発展したという歴史観を一変させ、日本こそ東洋美術の中心であるように変わったと論じたうえ、その意識変遷の原因を分析した。

『外国文学評論』のほか、『中国比較文学』『日本研究』『東北亜外語研究』『解放軍外国語学院学報』『抗日戦争研究』などの学術誌もよく近代日本文学と中国のかかわりについての学術論文を掲載した。詳細な資料収集と立ち入ったテクスト分析を特徴とする日本研究者の研究と違い、中国の研究者はもっと鳥瞰的で政治的要素を入れた研究を行ったのである。

近代日本文学における中国像についての著書はいま中国でまだ少なく、拙著の『テクストと現実の間――近現代日本作家の中国[33]』はわりと早い時期に出版されたものである。拙著は近代以来の代表的な日本人作家の中国題材作品を取り上げて近代日本文学における中国像の変遷をたどってきた。明治年代には国木田独歩の『愛弟通信』、森鴎外の『うた日記』、夏目漱石の『満韓ところどころ』を取り上げ、明治年代の日本人作家が書いた中国像の特徴を「敵ではない敵国の民衆、異国の旅の途上の風景」とまとめ、大正年代には谷崎潤一郎の中国遊記『廬山日記』や中国題材小説『秦淮の夜』『西湖の月』『天鵞絨の夢』『鶴唳』など、芥川龍之介の中国遊記『支那遊記』や中国題材小説『南京の基督』『杜子春』『湖南の扇』など、佐藤春夫の中国遊記『南方紀行』や台湾を舞台とした小説『鷺江の月明』『女誡扇綺譚』などを取り上げ、漢籍のテクストに描かれた古代中国の幻影と俗悪な近代化と戦乱で乱れた中国の現実との間で揺れ動く大正作家の中国像を分析した。そのうえ、一九三〇年代の横光利一の『上海』、戦時中の火野葦平の「兵隊三部作」および戦後の安部公房の『けものたちは故郷をめざす』『終わりし道の標べに』などを取り上げて、戦前・戦中・戦後に渡る中国像の変遷をまとめた。「日本人作家の中国像は中国を描くテクスト、作家自身の中国体験、日本人が中国に対する集団認識によるものである。」という結論にたどり着いたのである。

第三節　本書の論点

今までの先行研究の大部分は空間としての満洲や上海、北京などについての鳥瞰的な研究、および有名な日本人作家の中国体験についての研究に集中してきた。日本では日本人作家の中国体験や中国認識が多く論じられ、中国では日本人作家の中国認識の変遷におけるイデオロギーが多く研究されてきた。一般的な中国民衆の描き方を研究したのは北京人力車夫についての論文やプロレタリア作家が描いた中国のプロレタリアートの形象についての論文[34]ぐらいしかなかった。

本書は先行研究に取り上げられた「近代日本文学における中国像」の研究に属するが、その中で特に今までの研究にあまり取り上げられなかった一般の中国民衆、働く人々についての描写に視線を向ける。近代日本文学によく登場する『水滸伝』や『三国志』にある中国の古代の豪傑でも李白や杜甫のような浪漫的詩人でもなければ、魯迅や郁達夫のような有名な近代中国知識人でもなく、社会の最下層にもがき、戦乱の時代を生き抜き、日本のプロレタリア作家といっしょに働き、プロレタリア階級の解放のために奮闘した人たちが日本文学でどう描かれたかを見ていきたい。それゆえ、本書に取り上げられたのは浪漫的な古代中国でもなければ、イデオロギッシュな言語空間としての植民地の中国でもなく、下にもぐる視線でしか見えないようなごく現実的な裏の中国像である。

第一章では平林たい子の満洲放浪と『なげ捨てよ』『施療室にて』『敷設列車』などの作品を取り上げ、「『私』語り」[35]の初期作で無視された苦力と、中国人労働者の革命的動きを描く『敷設列車』における主体としての中国人像を分析する。

第二章では里村欣三の満洲逃亡と上海取材の間に書いた作品『苦力頭の表情』や『青天白日の国へ』などを取り上げ、プロレタリア作家時代の里村欣三に描かれた階級同志としての中国人像と、転向時代の作品『苦力監督の手記』『動乱』『兵乱』、および転向後の『第二の人生』三部作などにおける中国人像との比較を行う。

第三章では黒島伝治の『済南』『前哨』および長編小説『武装せる市街』における中国人労働者と日本兵士との葛藤を捉え、日中連合革命の夢を抱く群像主人公について分析する。

第四章では中西伊之助の大作『軍閥』を取り上げ、完全に中国人の視点に立ったこの作品に描かれた搾取構造を見ていく。

第五章では林房雄の転向後の中国題材作品『戦争の横顔』『漢奸の娘』『大陸の花嫁』『東洋の満月』『青年の国』など、および戦後の失意の中で書かれた『香妃の妹』『四つの文字』などを中心に、政治的情熱に駆られた林房雄が書いた中国の幻像を明らかにする。

終章において、プロレタリア・インターナショナリズム、帝国主義、反戦意識がプロレタリア作家の中国像に及ぼした影響を指摘し、さらに転向後の彼らの中国像に現れた大東亜主義を分析する。

（1）国木田独歩：『愛弟通信』左久良書房、一九〇八年。以下同作の引用は出典と頁を表示しないことにする。

（2）本書では引用文は読みやすさを考えて可能な限り新字、新仮名遣いに改めたが、題名や人名、短歌の場合は原文のままにする。

（3）森鴎外：「うた日記」『近代日本文学5　森鴎外集Ⅰ』筑摩書房、一九七五年。

（4）朴婕：〝満洲〟铁路叙述与日本帝国神话《外国文学评论》二〇一七年八月。

（5）夏目漱石：「満韓ところどころ」『漱石文学全集第十巻　小品・短編・紀行』集英社、一九八三年。以下同作の引用は出典と頁を表示しないことにする。

（6）芥川龍之介：「支那遊記」『芥川龍之介全集8』筑摩書房、二〇〇二年。以下同作の引用は出典と頁を表示しないことにする。

（7）李雁南：谷崎润一郎笔下的中国江南《解放军外国语学院学报》二〇〇九年三月。

（8）里村欣三：「苦力頭の表情」『日本プロレタリア文学集10（「文芸戦線作家集」1）』新日本出版社、一九八五年。

（9）平林たい子：「敷設列車」『日本プロレタリア文学集・21　婦人作家集（一）』新日本出版社、一九八七年。
（10）黒島伝治：「武装せる市街」『黒島伝治全集　第3巻』筑摩書房、一九七〇年。
（11）横光利一：「上海」『現代日本文学大系51（横光利一　伊藤整集）』筑摩書房、一九七〇年。
（12）野間宏：『写真・中国の顔』社会思想研究会出版部、一九六〇年。
（13）野間宏：「新中国訪問」『野間宏全集　第十三巻』筑摩書房、一九七〇年。
（14）村山知義：「『紅岩』の地をたずねて」『文化評論』一九六五年八月。
（15）吴奕锜・陈涵平：论日本华人新移民文学的历史发展与总体特征《江西社会科学》二〇一一年五月を参照。
（16）楊逸：『獅子頭』朝日新聞出版、二〇一一年。
（17）竹内実：『日本人にとっての中国像』岩波書店、一九九二年。
（18）祖父江昭二：『近代日本文学への射程――その視角と基盤と』未来社、一九九八年。
（19）西原大輔：『谷崎潤一郎とオリエンタリズム――大正日本の中国幻想』中央公論社、二〇〇三年。
（20）大家眞吾：『里村欣三の旗――プロレタリア作家はなぜ戦場で死んだのか』論創社、二〇一一年。
（21）井上桂子：『中国で反戦平和活動をした日本人――鹿地亘の思想と生涯』八千代出版、二〇一二年。
（22）川村湊：『文学から見る「満洲」――「五族協和」の夢と現実』吉川弘文館、一九九八年。
（23）趙夢雲：『上海・文学残像――日本人作家の光と影』田畑書店、二〇〇〇年。
（24）劉建輝：『魔都上海』講談社、二〇〇〇年。
（25）杉野要吉：『淪陥下北京1937―45　交争する中国文学と日本文学』三元社、二〇〇〇年。
（26）荒井とみよ：『中国戦線はどう描かれたか――従軍記を読む』岩波書店、二〇〇七年。
（27）王升远：〝去政治化〟与〝理智的行动主义〟的破产《外国文学评论》二〇一三年二月。
（28）王升远：〝近代〟的明暗与同情的国界――近代日本文化人笔下的北京人力车夫《外国文学评论》二

〇一三年一一月。

(29) 王升远：史迹评骘、雄主回望与〃浪漫远征〃——保田与重郎《蒙疆》中的〃满蒙鲜支〃叙事《外国文学评论》二〇一七年二月。

(30) 李炜：从〃反战〃到〃主战〃——以与谢野晶子的〃满蒙之旅〃为中心《外国文学评论》二〇一七年八月。

(31) 张杭萍：街上的白围裙与战地的红头巾：林芙美子小说中的女性身体《外国文学评论》二〇一八年二月。

(32) 周阅：冈仓天心的中国之行与中国认识《外国文学评论》二〇一九年二月。

(33) 李雁南：《在文本与现实之间——近现代日本作家笔下的中国》北京大学出版社、二〇一三年。

(34) 李雁南：超国界与超民族的阶级认同——昭和初年日本无产阶级文学中的中国劳工形象《广东教育学院学报》二〇〇六年一二月。

(35) 梅澤亜由美：『増補改訂　私小説の技法　「私」語りの百年史』勉誠出版、二〇一七年。

第一章 平林たい子と中国

一九三三年中国上海の現代書局が『なげ捨てよ』『施療室にて』などを含めた『平林たい子集』を出版した。翻訳者沈端先は序言で平林たい子のことを「社会民主主義文学団体の女性作家[1]」として紹介した。女性解放と革命運動に身を投じて、満洲で生死の境を彷徨《さまよ》いながらも革命の意志を忘れずに現実に真っ向からぶつかっていった平林たい子の巍然《ぎぜん》とした姿は当時の中国読者を深く感動させたのである。

第一節　平林たい子の満洲体験と初期文学

平林たい子が満洲の大連へ渡ったのは一九二四年で、一九歳の時であった。この満洲行はたい子の唯一の中国体験で、たい子が描いた中国人像の由来だと考えられる。

平林たい子は高等女学校卒業式の翌日堺利彦を慕って上京し、堺の紹介で何人かの社会主義者やアナーキストと知り合ったが、中にはのち彼女を連れて満洲に行った恋人の山本虎三がいた。一九二三年九月関東大震災の直後、日本政府が治安維持を理由に社会主義者や朝鮮人などを弾圧したが、メーデーの集会に参加して逮捕されたことのある山本が再び逮捕され、同居者のたい子も刑務所に入れられ、浮浪罪で二九日の拘留を言い渡された。

二人は刑務所を出たあと東京を離れて名古屋でしばらく友人のところに身を寄せていたが、そのうち山本が「手配中の思想要視察人」名簿に載せられたことがバレて職を失った。あいにくこの時たい子が妊娠したことがわかって、二人は途方にくれてどうしようもなかった。その時、山本は「大連に行こう。あそこには、兄が満鉄社員として相当な暮らしをしている。あの兄は、僕のもらうべき父の遺産を横取りして、僕がいられないように追い出した人間なんだ。こんな時に面倒見てくれないなら、うんとおどかしてやる。[2]」と言ったと、のちほど平林たい子が半自叙伝『砂漠の花』で大連へ行く事情を追憶した。それで、二人は山本の異母兄を頼りに大連に行くことにしたのである。

一九二四年一月三日、たい子は山本に連れられてハルビン号に乗船し、五日に大連に着いた。二人は山本の兄の斡旋で満鉄の鉄道で仕事をしていた。「山本は事務員兼苦力監督、たい子は満人ボーイと二人で炊事と掃除を分担することにきまった。[3]」中国の苦力や日本人の労働者といっしょに働き、いっしょに生活していた体験は、たい子の目をその文学出発時において労働者に向かわせた。しかも外部から労働者を傍観するのではなく、彼らと同じように搾取され、彼らと同じような苦難を身をもって経験していたのである。このことは平林たい子がプロレタリア作家になった最も根本的な原因だと考えられる。

たい子と山本は一生懸命に働いたにもかかわらず、山本が社会主義者であることを知った兄は警察に山本が不法ビラを印刷したことを密告した。その結果、山本は大連署に拘引され、内乱罪で起訴されて投獄された。栄養失調で妊娠脚気にかかったたい子は兄の家から追い出されて救世軍の慈善病院に入って、そこで女の子を生んだ。赤ちゃんは脚気にかかった母の乳を飲んで、生後一ヶ月足らずで亡くなった。たい子は獄中の山本を見捨てて一人で悄然と東京に戻った。

貧困のどん底に陥った生活、慈善病院での出産、妊娠脚気、赤ちゃんの死といった苛烈な満洲体験はたい子の初期作品に重要な素材を提供したのである。東京に戻ってから二年間の放浪生活を経て、たい子はようやく筆を取り上げた。「たい子には書きたくてたまらない素材があった。悲惨だった大連での体験をふまえて、主義に生きる若い女の挫折と再起にかける闘志を、なんとしても書かねばならぬ、と彼女は机に向って毎日想を練っていた。」満洲体験に言及したたい子の初期作は数篇あるが、真っ向からこの悲惨な体験を取り上げたのは何といっても『なげ捨てよ』『施療室にて』『敷設列車』の三篇だと考えられる。

日本の学者の多くは平林たい子を女性作家として取り上げ、その身体表現について多く論じてきた。たとえプロレタリア作家時代のたい子の作品についてもたい子が女性であることに重点を置き、主義のために生き、革命運動に身を投じた女性としてのたい子はいかに女性と無産者・革命者の間で取捨選択をしたのかに集中した。たしかに男性作家とまったく異質なたい子の鋭敏な身体感覚の描写は特に注目されやすいが、プロレタリア作家時代のたい子は〈女〉を書くよりも、無産者・革命者である自分と、自分と同じようにいじめられた労働者の悲哀と憤怒を書いたのではないかと思われる。それだけではなく、平林たい子が描いたのは日本人労働者よりも、苦力と呼ばれ、軽蔑された植民地満洲の中国人労働者である。彼女は『なげ捨てよ』『施療室にて』の両作で彼らを植民地の荒涼たる風景の一部分としてしか見ていなかったが、『敷設列車』では彼らを日本人労働者と同じような全世界の無産者階級の一員として描き、日本帝国主義に反抗する彼らの階級意識の覚醒と挫折と勝利を描写したのである。

第二節　植民地の他者・無産者階級の同志

一九二七年三月号の『解放』に発表された短編小説『なげ捨てよ』は平林たい子の満洲体験をほぼありのままに描いた作品である。主人公の光代と小村洋三が日本から大連へ行く事情は前述の平林たい子と山本虎三のそれとほぼ同じだと思われる。たい子はこの作品において大連を植民地と呼び、中国人労働者を支那苦力と呼んで、彼らを植民地の卑賤な他者と見なす一方、日本人労働者の卑屈さをも指摘した。

光代の苦力に対する感情は二つの面に分裂したのである。植民地の人間に対する嫌悪と軽蔑があると同時に、同じく無産者階級としての連帯感もあった。

まず、苦力の汚い外見に対して、光代はほとんど本能的な嫌悪を感じた。その中で長い辮髪は中国人の特徴としてまず光代の目に映った。「辮髪を縄のように頭に巻いた汚い支那人[4]」、「のろのろと長い辮髪に黄色に埃を被った苦力達」、「苦力達は、長いのろのろした辮髪で」といった苦力の辮髪を特に強調したような描写が多かった。光代の目に映った中国人の長くて汚い辮髪は植民地特有な風景の一部分となり、そこには中国人が近代的な日本人と異質な前近代的で野蛮な植民地の人間だという蔑《さげす》みが入っていると思われる。また、「泥だらけな手」や「隣室の光代の所まで聞えて来るふいごのようないびき」など、苦力はまったく近代文明から外された原始的野蛮的な存在として描かれた。それは「膚を刺すような一月の風が、植民地の箱のような建物の街路を吹きまくっていた」という満洲の荒涼たる風景と、「ペチャペチャと異国語で喋っている苦力たちの声」とあいまって海外植民地を漂泊した光代をいっそう孤立させてしまったのである。

光代の孤立は風雪と寒気で日本とまったく気候の違う大連という植民地にいる時の郷愁と、長い辮髪をのばしてわからない異国の言葉を発する異人種の苦力といっしょにいる時の孤独感と、主義を捨てて現実に妥協する恋人に対する失望と、自分と同じ境遇にいる日本人労働者や放浪者に共有できるはずの階級意識の欠如に生じたものであろう。苦力を嫌悪し疎外しながらも生きていくために苦力といっしょに働かざるをえないことは光代にとって絶望的なことであった。

しかし、光代にとって苦力は国籍や民族の面から見てたしかに植民地の他者ではあるが、自分と同じ境遇にいることを考えればまた赤の他人でもなかった。苦力と寝食をともにしている間、光代は日本人労働者どころか恋人の小村でさえ苦力と同じように卑劣で汚いことに気づいたのである。「小村は、仕事場で覚えて来た汚い支那語で感情の捨場のように、苦力達の暗い室へ首を出しては、つまらない事をののしり…」「汚い支那語」をしゃべることは小村と日本人労働者がもともと中国人苦力と同質なものであることを光代に見せつけた。

しかし実際、苦力たちはまったくこういう階級的連帯感を持っていなかった。光代の出産費用を負担したくない兄夫婦は小村を密告したあと、さらにそれを口実にして小村との兄弟関係を断絶し、光代を追い出してしまった。光代が大きな腹を抱えて兄の家を追い払われた時、「窓の外では、苦力どもが、『団結』などということには夢にも思い及ばない牛のような平和な顔で、トロッコを押していた。」同じ階級の同志なのに、光代と苦力との間に何の意思疎通もなかった。苦力たちは出産を前に控えている光代がこれからどうなるのかをまったく知らなかった。たぶん知りたくもなかったろう。同時に光代も「三十人近い苦力が、真黒な粟飯と塩をかむような沢庵とをあてがわれて、朝、星空のうちから、夜、土もっこの手許がわからなくなるまで鞭で打たれるようにされて、働いていた。」という苦力の悲惨な生活を目の前に見て不正な雇用制度と日本帝国主義政府の植民地政策を批判しながらも彼らのために何らかの形で実際の行動をとろうとはしなかった。苦力より光代のほうは階級意識の先覚者ではあるが、しかし、それは考え方にとどまるだけで、出産を控えた若い彼女には自分自身の苦難ばかりに心を奪われて、苦力の苦難を深く考える余裕を持ちえなかったのである。この無力さを乗り越えられない限り、光代のような日本人無産者と苦力のような中国人労働者はおのおの自分の苦難だけに囚われて永遠に交叉することのない平行線でしかなかろう。

中国人苦力だけではなく、光代は社会の底でもがいている日本人貧困者に対しても彼らをその窮境から救い出すことはできなかった。にもかかわらず、同じ階級の人間としての連帯感をたしかに覚えていたのである。たとえば、途方にくれた光代は最後「行路病者の証明」をもって救世軍の日本人婦女収容所に入り、そこで自分と同じような日本人貧困者に出会って、いっそう国籍や民族と関係のないいじめられた者に共通な悲哀を感じたのである。「——何という、いたましい人生が、ここにもひろがっていることであろう。いや、こういう人生は、ここだけでもないのだ。地球の表面いたるところに展開されているのだ——」日本と中国だけではなく「地球の表面いたるところ」という言葉から、一九二〇年代コミンテルンの指導と旧ソ連の建国に鼓舞された全世界無産者階級の連合革命の高潮という背景が読み取れ、プロレタリア・インターナショナリズムの理念が反映されたといえよう。この言葉は実際の階級解放のための革命的行動を取る前のウォーミングアップと考えられてもよさそうなものである。

要するに光代は辮髪や鼾《いびき》といった外在的な差異よりも、中国人苦力と日本人労働者・貧困者との共通性を感じたのである。この共通性とは国籍や民族と関係のない階級というものにほかならない。日本帝国主義政府は日本人全員を代表したのではなく、独占資本家だけの利益の代弁者である。そしてさらに満洲のような海外植民地でいじめられたのは中国の苦力のほかに小村や光代と同じく社会の底に生きる日本人労働者も含められている。日本人労働者は中国人苦力と同じように、現存する社会を打ち破らない限り、日本国内でも海外植民地の満洲でもいつまでもいじめられていくのであろう。光代はこの点を見透かして、階級のための反抗をまったく知らずに資本主義社会に従順な彼らに絶望したのだ。「何処にも、この不当な雇用制度や、安価で下劣な植民地気分に反抗するような光をもった目を探し出すことは出来なかった。」と、光代は収容所にいる貧困者たちの痛ましい姿を見て心を痛めた。「不正な雇用制度」は資本主義社会に対する無産者階級の批判で、「安価で下劣な植民地気分」は日本帝国主義政府が中国や朝鮮をはじめとするアジア諸国に対する侵略を指摘したものである。たい子はここで階級闘争と植民地批判を同一視し、理念上のことだけではあるが、国境を越えたプロレタリア革命の必要性を痛感したのではないかと思われる。

「これがもし本当の無産者の愛であるならば、恋であるならば、その愛を矛にして、楯にして、敵の陣営へ突撃して行けない筈がないのだ！」というふうに、『なげ捨てよ』において、平林たい子は男女の恋愛とその男女の恋愛を達成するために主義を忘れて現実に妥協する態度をなげ捨てて、たとえ実際の行動に移る段階にはまだ到達していなかったにせよ、階級解放運動に邁進する革命者である光代のイメージを築き上げた。しかも、この革命は日本人労働者のための革命だけではなく、中国人苦力を含めた全世界の無産者、全世界のいじめられた人々のための戦いであった。

第三節　無視された中国人

一九二七年九月号の『文芸戦線』に発表された『施療室にて』は直接一人称を使って、「私」が大連の施療室で子供を産んだあと、脚気にかかった自分の乳を子供に飲ませて子供を死なせた悲惨な体験を描いた短編である。生死の間を彷徨う「私」にとって、出産直前の「とても堪らない痛み」[5]と出産直後の「手も足も厚い餅を張ったように全く痺れている」という身体上の苦痛に比べれば、ほかのすべてのことが二次的なものになってしまった。戦後の平林たい子に直結する女ならではの敏感で赤裸々な身体表現の原型がこの作品に見られ始めたのである。

中国人は『施療室にて』の「私」にとって二次的で身辺の外物でしかなかった。それが四回登場した。一回目と四回目の車屋は「私」が施療室に行く前と出たあとにそれぞれ登場し、三回目は「私」が施療室で生死の境を彷徨ったとき、死体を載せた担架のあとを担いで窓の外を通った後ろ姿である。二回目は「卑屈な苦力たち」で革命の裏切り者であった。

たい子は淡々とした態度でこれらの中国人を描いた。「『哀乎小銭没有――』私を乗せて来た車屋は、迷惑そうにそう言って、朝銀の青い紙幣をひろげて私の掌に戻した。（中略）十銭銀貨を受取ると、車屋は『シェーシェー』と言って、前に自転車を引いて行く少年にラッパを高く鳴らして走り去った。」「朝銀」は「朝鮮銀行」のことで、それが満鉄の本拠地であった大連で通用できるということは満洲がすでに朝鮮と同じように日本の植民地になりつつあった事実を反映した。しかし、自分のこれからの行方だけを心配していた女主人公はそういう社会的な広い関心を全然持っていなかった。「哀乎小銭没有――」と「シェーシェー」という耳慣れない車屋の中国語だけが印象に残ったようである。それが異国で夫を逮捕され、一人だけで施療室に運ばれる「私」の孤独をいっそう鮮明に表出した。同時に車屋が喋った異国語の発音を正しく聞き取れ、しかも全然好奇心を持っていなかったことは「私」がすでに長く異国にいた証明にもなって、その次の「赤土の埃を多量に含んだ植民地の空気と、水八分に南京米二分の塩からい長い間の悪食」につながっていく。満洲でほとんど生きていられないような窮境に陥ったが、そこから抜け出すこともできない絶望感が最初からこの作品全篇を支配したのである。

子供を生んだあと、「私」はひどい妊娠脚気にかかったが、薬をもらうこともできなかった。「一瓶の薬品の値段よりも軽蔑せられた女患者の生命」という悲惨な現実を意識した「私」はつい子供に濁った乳を飲ませる決心をした。「女よ。未来を信ぜよ。子供への愛が深いならば、深いが故に、闘いを誓え。」と「私」は自分の「子供殺し」の行為を説明していたが、この一見不可思議な行為について、中山和子が「『私』が自分の産んだ赤ん坊に残酷であるとすれば、我児の将来を直観的に見切ってしまうほど、それほど激しく絶望的に敵と向きあっていたからでもある。[6]」と指摘した。『なげ捨てよ』の主人公光代の苦痛と躊躇を伴った階級意識の自覚と比べれば、『施療室にて』の「私」が子供を「殺す」という極端な激しい反抗で命懸けで革命運動へ邁進しようとしたのである。

担架担ぎの中国人の登場はちょうどこの「私」が子供に濁った乳を飲ませようと決心をつけたときであった。「私は、寝台のあらい格子の間から、担架の後をかついで行く中国人の辮髪が、尻のあたりでピンピン歩く度にはねかえされているのを見た。中国人が踏んで行く庭の地面には石にひしがれた蒲公英が金色にさいている。」ピンピンとはねかえされる中国人の辮髪と、石にひしがれた金色の蒲公英《たんぽぽ》の花は動と静の対照をなして、死ぬか生きるかの取捨選択を「私」と子供に迫らせた風景である。この時、「私」はすでに中国人の辮髪を批評する気力も、蒲公英の花がひしがれたことに感傷的情緒を起こす余裕もなくなり、ただ自分と生まれた子供の生死の問題だけに集中していた。

最後、「私」はとうとう子供に乳を飲ませた。子供が死んだあと、「翌日私は検察官に電話をかけてもらって入獄の手続をすました。」この時も「私」は中国人の車に乗った。「中国人の車屋にたすけられて車にのった。行く手は李家屯の旅順監獄分監だ。」前と同じように中国人車屋について評価一つ与えなかった。「私」が監獄に入ることは革命者としての自己完成ではあるが、しかし、自分と同じ階級の中国人をまったく無視することは結局革命者である「私」の革命に対する幼稚で不完全な理解を露呈してしまったのではなかろうか。壺井繁治が『施療室にて』について、「この主人公は闘わんとする決意の前に、すでに敗れているのである、だから悪い乳を飲ませた後の赤ん坊の死の知らせにたいする彼女の姿勢は、虚無的な、それ故に抽象的心理でのみ自己を支えた姿勢であり、しかもこの作者は自己の敗れを意識する代わりに、これが『戦い』であるかのように自分を認識しているように思われる。(7)」と指摘した。たい子は意図的に「私」という主人公を革命の「戦い」に向かわせるためにその周りのすべての存在、たとえば生まれてきた子供、入獄した夫および中国人の車屋と担架担ぎなどとを切り離して、「私」の内面的充足を達成させようとしたが、しかし、革命の戦いというものはあくまでもそういう自己完成を達成するための孤立的なものではなく、むしろ同じ階級の同志との連動の中ではじめて可能になることではなかろうか。自分と同じ階級にいる中国人に対する無関心は革命者を自認する主人公を最初から失敗者と決めつけたといえよう。そこにはたい子の自画像である「かくあるべき私」と、現実における「かくある私」との分裂が、この中国人に対する無視からあらわになったのではないかと考えられる。

『施療室にて』における中国人の二回目の登場は「夫」をはじめとする四人の日本人苦力監督が計画したテロに参加した苦力たちである。馬車鉄工事の線路を破壊しようとするテロに苦力たちは参加していたものの、失敗したあと、「苦力達の団結は破れて、争議以前よりもひどい解雇条件で、卑屈な苦力たちは薄い蒲団を背負って埃だらけの布靴で、張作霖の募兵に応じるために、割引の南満鉄道に荷物のように押合って乗込んで去った。」この労働争議は最初から日本人の苦力監督があってのもので、苦力は日本人の指導のもとで参加しただけである。それが敗れて日本人が投獄されると、苦力はすぐ日本帝国主義政府の手先に等しい張作霖の軍隊に応募してしまう。ここでは明らかに植民帝国の日本人を先覚者・指導者に位置づけ、植民地の中国人苦力を卑屈な他者として定義した。ここから見れば、『施療室にて』を書いた平林たい子は自分で自分のことを無産者・革命者と一方的に決めつけたにもかかわらず、実際はやはり自分が宗主国の一員という自意識を持って、植民地の同じ階級にいる中国人を他者と見なし、おのずから自分と苦力とを隔離してしまったのである。プロレタリアートであると同時に植民帝国の一員でもあるという矛盾的な二重性を内在していたのである。

第四節　闘争に目覚めた労働者

一九二九年一二月号の『改造』に発表された『敷設列車』は平林たい子のプロレタリア

文学時代の最高峰ともいえる。この作品に大きな影響を与えたのは青野季吉の論文「目的意識論」だと考えられる。青野が「目的意識論」において「プロレタリアの生活を描き、プロレタリアが表現を求めることは、それだけでは個人的な満足であって、プロレタリア階級の闘争目的を自覚した、完全に階級的な行為ではない。プロレタリア階級の闘争目的を自覚して始めて、それは階級のための芸術となる。(8)」と述べた。青野が示したプロレタリア文学の「自然成長」と「目的意識」に従って考えれば、『なげ捨てよ』と『施療室にて』をはじめとするたい子の初期作品は無産者の個人体験を表現し、個人の欲求を求める「自然成長」の文学であり、階級的な「目的意識」を持って革命闘争を描写する本当のプロレタリア文学ではなかった。板垣直子も「始めて小説をかこうとした時、手本として彼女に浮んだ文学とは、彼女がそれまでに知った内外の芸術派にたつ文学であった。彼女の異状な経験を創作化しようとする時も、従来の方法がより多く親しいのであった。(9)」と指摘したことがある。板垣がいった「内外の芸術派」と「従来の方法」はおよそヨーロッパから日本に伝来した自然主義文学や私小説の類ではないかと考えられる。もしたい子は依然として個人の体験に執着し、個人の問題だけを取り上げ続けるなら、たぶんプロレタリア作家としてのたい子の成長は成し遂げられなくなるのであろう。

『敷設列車』は中国人労働者とM鉄道会社——実際は満鉄のことであるが——との闘争

を描いた作品である。その背景となるのは洮昂鉄道の建設で、一九二〇年代中国東北地区における日本勢力の浸透を反映した。岡野幸江は『敷設列車』に登場した中国人労働者について「かつて『施療室にて』では、争議の失敗後、団結が破れ『卑屈な苦力たち』は張作霖の募兵に応じて去った。しかし、ここではその『卑屈な苦力』たちが、『圧迫を弾きかえす強い感情』とともに、彼らを侮っていた日本人に対して反撃する存在として成長していくのである。(10)」と述べ、『敷設列車』に登場する苦力を『施療室にて』におけるそれの「成長」と見なしている。なお、竹内実が『日本人にとっての中国像』においても『敷設列車』について、「中国人労働者の革命的な動き、それは、平林たい子の『敷設列車』によって、かなりの水準の高さをもって書かれることができた。それは、『奔放な感覚の横溢が客観的主題をふかめた』ものであるといわれるほどのあざやかさをもっている。(11)」と述べ、たい子の『敷設列車』を里村欣三の「動乱」や黒島伝治の「武装せる市街」といった中国を題材とするプロレタリア文学の作品と併称して昭和初年の代表作の一つとして取り上げ、特にその中に登場した中国人労働者の革命運動についての描写を高く評価した。

たしかに『敷設列車』は中国人労働者群像を主人公とする作品である。しかし、たい子の視点は前半から後半にかけて大きな切り替えがあったと思われる。前半の部分は日本人視点で、中国人労働者を他者化する傾向があるのに対して、後半になっていきなり中国人労働者の内部視点に切り替え、逆に日本人を他者化しようとしたのである。しかし、この後半の内部視点も不完全なもので、中国人労働者を日本帝国主義を批判する者、全世界のプロレタリア同志の一員と書いた一方、途中に視点の移転があり、時にはやはり日本人視点から中国人労働者の行動を不可思議なものと見なしたところもあった。

『敷設列車』の前半における中国人労働者像はほとんどすべての近代日本人作家が描いた苦力像と大差がないものであった。技手鮫島、受託医山田、警務部員といった日本人がいるが、彼らの目から見れば、中国人工夫はまるで人間と異次元の鼠か何かの陰湿で汚い小動物のようなものであった。それだけではなく、「彼らは理由なく、鼠にも劣った人間の様に自分のことを考えた。[12]」というふうに、苦力の外部にある日本人の視点を苦力に内在させようとした作者の故意が見られる。この自己認識の根底にある自己卑下は中国人工夫が日本人を恐れる理由となり、日本人の乱暴な監督に不満を持ちながらも反抗する気力がない根本的な原因となってしまったのである。「監督より少し体格のよい彼らの顔は警務部員等のちょうど額の上にある。」というように、体格も日本人よりよく、四〇〇人という人数も日本人の数十倍に達しているにもかかわらず、中国人工夫はなぜか大人しく日本人にいじめられてばかりで、なかなか団結して自分たちの境遇を改善しようとはしなかった。

このとき、たい子は中国人を苦力と呼んだり、工夫と呼んだり、支那人と呼んだりして、その呼称がしきりに変わるとともに、彼らの人間像をも二つの部分に引き裂いた。

一つは近代日本文学によく登場する無知で汚くて大人しい苦力である。「あの消極的で我慢強い、生活慾の弱い、貝殻の縁の形に適応して生きる貝の身の様な、支那苦力の一面の性格をそなえた人間」というように、たい子は「あの支那苦力」という言葉で、『敷設列車』における中国人労働者と近代日本人作家によく描かれた伝統的な中国人像とを結びつけた。そのうえさらに、「過去のことは忘れた。先のことはわからない。ただ現在が紐の様にふん伸びて行きさえすればそれでいいのだ。」というふうに、現在まだ生きていることだけに本能的にすがって、過去未来についての考えなど人間的な知的思想を何一つ持たずに動物同様の生き方に甘んじる前近代的な苦力像を描いた。これは近代工業の中から生まれた近代的で革命的な労働者とは程遠いものである。こんな苦力は無言な他者として描かれ、日本人の目に映る満洲の原風景の一部分でしかなかった。

これとは対照に、たい子はもう一つの違う中国人労働者像を描き出した。張という人を代表とする革命の先覚者たちである。張はかつて「ストライキの煽動犯人」であって、労働者運動に慣れた幹部として描かれた。彼は日本人監督に殴られた時も冷静に対応でき、今敷設中の洮昂鉄道の政治的な意味もわかりきっている。「決して監督に気づかれちゃ駄目だよ。それから仲間を一人でも多くふやすこと。この二つを当分守らなけりゃあ、却ってひどい目に会うぞ！」というように、張は一時的な衝動ではなく、理性的に労働者闘争を起こす時機を作り上げようとした。

もしこの張を中国人労働者の代表としてもっと詳しく生き生きと描写すれば、張は人間として魅力的な労働者運動の幹部になりうると思われるが、残念なことに、たい子はこの作品であくまでも個人ではなく、労働者群像を描き出そうとする故意があったせいか、途中で張という人物を忘れたかのように、後半の賢という人物に急に切り替えた。実は前半には張にいろいろ教えられてだんだん階級闘争に目覚めた洪という人物がちゃんとあったのに、後半にはこの洪が張に取って代わって登場すれば筋が通るはずだが、急に前半にまったく存在しなかった賢という人物が登場してしまう。そのことによって前半と後半のつながりが切断されてしまったのである。

それだけではなく、前半で気が小さくていくら日本人にいじめられても大人しく我慢していた中国人労働者は後半になると急に勇ましくなった。その転換の契機となったのは蒙古から襲ってくる洪水という外在的なものはあったにせよ、人間内部の精神的転換は何一つなく、ただ日本人技師の外在的な視線だけが読み取れる。「彼は苦力達の団結力を甘く見ていたのである。」その後、苦力たちが急に労働者闘争にいかにも慣れた者のように組織的な反抗を始めた。しかも、資産階級の代弁者である日本人監督に反抗するだけではなく、日本帝国という植民宗主国の国家的意志にも反抗しようとしたのであった。彼らは機関車とワイルス氏病というペストにかかった中国人患者を乗せた宿営車だけを洮南に逆戻しに走らせ、日本人が乗った事務車をそのまま残しておいた。「朝まで無気力で大人しかった支那人達の肉体の上には、何か夥しい変化がやって来た様にしか日本人には見えなかった。」こう書いたたい子はやはり日本人視点に立ったのである。しかし、たい子は、自分を鼠よりも卑屈だと思い、貝のように生きることだけに甘んじていたあの苦力がどうして夥しく変化し一躍で成熟した革命者になったのか、その内在的な要因を明示しなかった。いかにも残念なことである。このように後半の視点は絶えず中国人労働者の内部視点と日本人監督の外部視点の間で行き来した結果、日本人と中国人のどちらにも深入りはできなかった。

それにもかかわらず、労働者の闘争は確実に進められていった。「彼らは病人の世話や炊事や、運転の仕事を分担して役員をつくり、不完全ながら委員会も成立させた。」これは階級解放と民族独立という二重の目標を目指した中国の新民主主義革命の縮図であったような、「公式的な『ストライキ』」よりもいっそう意味の深い闘争であった。『なげ捨てよ』と『施療室にて』に登場した日本人視点から他者化された植民地の「牛のような平和な顔」をした苦力たちや「卑屈な苦力たち」はこの作品で全世界のプロレタリア労働者の一員となり、彼らを民族的偏見で差別する日本人のほうがかえってプロレタリアの敵となって、他者となったのである。その根本的な原因は作者平林たい子は国籍と民族によって決められた〈日本人〉という国別的民族的身分を乗り越え、自分が日本人よりも全世界のプロレタリア労働者の一員であるという身分だけを持つようになったことに起因しているのではないかと思われる。かつて里村欣三が「青天白日の国へ」で中国の革命者を「我らの先輩[13]」と呼び、その里村と上海で会った中国の有名な左翼作家郁達夫が「青天白日の国へ」を載せた同月号の『文芸戦線』に「無産者階級はただ階級あるを知って、祖国あるを知るべからず[14]」と書いたのである。たい子はおよそ自分が日本帝国の一員であることを忘れてはじめてプロレタリアの一員として内部から中国人労働者を描く視点を獲得したのであろう。たとえそれはいかにも不完全なものであるにしても。

しかし残念ながら、『敷設列車』に描かれた中国人労働者は階級闘争に目覚めた群像として生き生きと躍動的なものではあるが、それとは逆に個人としてはまったく成り立たないものであった。外見も内心もない模糊とした道具のような存在でしかなかった。日本人監督に泥棒にされた時も、仲間を警務部員に射殺された時も、個人としてあるべき怒りも悲哀も描出されなかった。いわば、中国人労働者はまるで漠然たるプロレタリアという概念を示す記号のような類型的な存在で、肉ある人間とは思えない。これは政治の目的意識が過度に追求され、政治理念を無理に創作で実践しようとした結果であろう。満洲という舞台と洮昂鉄道の建設という背景を考えなければ、ここの中国人労働者をそのまま日本人労働者に切り替えても一向に差し支えない。それほど中国人労働者の民族的人間的個性が抹消され、ただ被搾取階級の平板な記号にすぎなかったのである。『敷設列車』に描かれた「中国人労働者の革命的な動き」を高く評価した竹内実もこの作品における人間としての中国人労働者の描き方について、「『卑屈な苦力たち』ということばに、わたしは、異民族として、高みからかれらを見下している日本人の眼を感じる。（中略）わたしたちは、『敷設列車』においては、「天亮了！　天亮了！」を勇ましくうたう苦力達に突如としてぶつかるのである。ここに断絶がある。」と指摘した。まったくそのとおりである。いったん満洲の鉄道で働いた個人的な体験を切り捨てれば、平林たい子が描いた中国人像はすぐ類型的なものになってしまう。結局それは日本人としてのたい子の限界を示し、また古い日本文学の伝統から出発し、あくまでも個人の体験に執着する日本人作家としてのたい子の乗り超えられない枠の存在を示しているのではなかろうか。

第五節　おわりに

青野季吉が「平林たい子論」において「林芙美子の告別式の帰途広津和郎が、宮本百合子、林芙美子、平林たい子とこの三人の女流作家が並び立った姿は、まことに文壇空前の壮観で、今後再び見ることはできないであろうと繰返し語っていた。[15]」と書いたが、林芙美子も宮本百合子も中国ではプロレタリア作家、民主主義作家として今でもよく読まれているが、平林たい子だけは忘れられていた。戦時中長い闘病生活を送り、プロレタリア文学の退潮で文壇から一度遠ざかり、戦後にも民主主義文学の陣営に復帰しなかったのは主な原因であると思うが、『敷設列車』で中国人労働者の革命闘争を上手に描いたにもかかわらず、人間的に魅力ある中国人像を作り上げることができず、戦後には身体表現に執着するような中国読者の気に合わない器量の小さい私小説風の女流文学を書いたのももう一つの重要な原因であろう。

しかし戦後のたい子はプロレタリア作家時代のたい子とまったく別人になったわけではない。終始一本の糸によってつながっていると思われる。その糸は社会のどん底に生きていた人々、いじめられた人々に向けられた理解と同情に満ちた視線であり、自分自身を彼らと同一視し、彼らのためにいくら困難であっても闘いをはばからない闘争の意志にほかならない。彼女は終始同じプロレタリア階級の同志に革命を呼びかけて彼らをその階級的境遇の中から救い出そうとしていた。

また長い闘病生活を戦時中に送ったあと、戦後文壇復帰した最初から『盲中国兵』という小短編で中国人強制連行を批判し、「戦争が終ってから、私は高崎駅前で商売をしていた人に、あの中国兵の一隊がまた汽車に乗ったことがあるかときいてみたが、見たことがないと答えた。多分彼等は、永久にこの土地から引返さなかったのではないかと、そんな気がしている。」(16)と書き、戦争末期の混雑した駅で偶然出会った盲中国兵のことを心配していた。たい子特有のやさしい心が感じられる。

若い時革命運動に参加した体験も、戦時中の闘病生活も、また戦後には民主主義文学陣営に戻らず、一人で女の身体感覚を文筆でどこまでも追っていくことも、愛していた夫小堀甚二に裏切られたことも、たい子の人生は苛烈という一語に尽きるものであった。それにもかかわらず、どんな苦しい境遇に置かれても女特有の鋭敏な感性が鈍くなることなく、明るい未来を切り開くためにどこまでも頑張っていくたい子の勇ましさと、貧しい人々、いじめられた人々に向けられたたい子のやさしい視線は忘れられないものである。

（1）沈端先：《平林泰子集》現代書局、一九三三年。
（2）平林たい子：「砂漠の花」『長編小説全集11　平林たい子集』講談社、一九六二年。
（3）戸田房子：『燃えて生きよ――平林たい子の生涯』新潮社、一九八二年。以下同作の引用は出典と頁を表示しないことにする。
（4）平林たい子：「なげ捨てよ」『平林たい子全集1』潮出版社、一九七九年。以下同作の引用は出典と頁を表示しないことにする。
（5）平林たい子：「施療室にて」『現代日本文学全集68』筑摩書房、一九六七年。以下同作の引用は出典と頁を表示しないことにする。
（6）中山和子：「平林たい子　殺す女・女の号泣――プロレタリア女性作家のあゆみ」『國文学：解釈と教材の研究』二〇〇九年一月。
（7）壺井繁治：「平林たい子論」『近代女流文学』有精堂出版、一九八三年。
（8）青野季吉：「目的意識論」『日本プロレタリア文学大系（2）』三一書房、一九五四年。
（9）板垣直子：『平林たい子』東京ライフ社、一九五六年。
（10）岡野幸江：「平林たい子と満洲：『敷設列車』から見る一九二〇年代」『世界文学』二〇一四年一二月。
（11）竹内実：『日本人にとっての中国像』岩波書店、一九九二年。以下同作の引用は出典と頁を表示しないことにする。
（12）平林たい子：「敷設列車」『日本プロレタリア文学集・21　婦人作家集（一）』新日本出版社、一九八七年。以下同作の引用は出典と頁を表示しないことにする。
（13）里村欣三：「青天白日の国へ」『文芸戦線』一九二七年六月。
（14）郁達夫：「日本の同志に訴ふ」『文芸戦線』一九二七年六月。
（15）青野季吉：「平林たい子論」『近代女流文学』有精堂出版、一九八三年。
（16）平林たい子：「盲中国兵」『現代文学大系40』筑摩書房、一九七九年。

第二章

里村欣三と中国

一九三〇年代ごろからプロレタリア文学の作品がたくさん中国語に翻訳され、中国の左翼知識人に愛読されていた。新中国が建国したあと、最初に中国の日本文学研究界で注目されたのもプロレタリア文学であった。特に、中国体験があり、中国を舞台とした作品を書いたプロレタリア作家は中国で知名度が高い。『苦力頭の表情』で名を知られた里村欣三（一九〇二―一九四五）はその中の一人である。

里村欣三はプロレタリア作家の時代においても、転向期においても、また従軍作家になったあとでも、中国とのかかわりが深い。戦時中マレーシアやフィリピン戦線に従軍したことはよく知られているが、一九二二年二十歳のときから一九四四年死ぬ一年前までの間、七回も中国に渡り、中国滞在の時間が合わせて四年間を超えた(1)彼にとって、中国はほかのどの異国よりも存在が大きいものといえよう。

特に「支那苦力」と呼ばれる中国人労働者は、ルンペン労働者として満洲を放浪していた時代から兵隊になったあとまでずっと里村欣三と付き合ってきた人たちであった。彼の「支那苦力」を見る眼差しは彼自身の身分の転換と、身分によって決められる視点の転換とによって左右されたもので、満洲事変従軍とその後の転向を境に、苦力をプロレタリアの兄弟とする前期と、植民対象とする後期に大きく分けられる。

第一節　プロレタリア兄弟で薄気味悪い異国人

一九一九年の暮れか一九二〇年の始めごろ、里村欣三（本名・前川二享、一説前川二亨）は古里の福岡県から中学校を退学して東京に出て東京市電で車掌になった。この辺りから社会主義活動家中西伊之助と知り合って、社会主義同盟の創立会に参加したり、労働組合運動に参加するようになった。東京、神戸の市電を転々とし、労働者代表として組合運動で活躍していた。一九二二年四月、労働組合に参加したため神戸市電から一度首にされた里村は「再入職を要求し、拒絶されて時の運輸課長を刺傷させ(2)」、半年間入獄したが、当年の六月か七月満二十歳になったため入獄中で徴兵検査を受けて合格した。出獄後の一〇月末ごろ、里村は徴兵を忌避して、満洲に逃亡したのである。これは里村の一回目の満洲放浪で、ほぼ半年間満洲に滞在していた。その間、お金があるときは満洲にいるロシアの娼婦と遊んだり、お金がなくなったら中国人の苦力といっしょに働いたり、救世軍の慈善施設に入ったりして、放蕩不羈《ほうとうふき》の生活を送っていた。帰国は翌一九二三年の五月ごろである。一九二四年の秋、しばらくの国内放浪を経て、「プロレタリアの放浪癖(3)」にかかった里村は再び満洲に行き、今回は一年間ぐらい黒龍江省のハルビンで満鉄関係の土木工事をしていた。帰国は一九二五年の秋であった。

満洲放浪の間、ほとんど無一文の里村欣三は生きていくために「支那苦力」とともに働いていた。日本を脱出したルンペン労働者の里村欣三と社会の底辺を彷徨《さまよ》う極貧状態の苦力は、国籍と民族は違っていても、同じような境遇におかれていて、同じような労働をしていた間に、深いつながりができた。そのため、里村欣三の満洲放浪体験を描いた作品『苦力頭の表情』と『放浪病者の手記』に苦力の登場が多かった。

両作の主人公は一人称の「俺」（『苦力頭の表情』）または、「私」（『放浪病者の手記』）である。この「俺」または「私」の身分に二重性がある。

まず、「俺」または「私」はルンペン労働者で、肉体労働によって自分の生活を維持しなければならないものである。そのため、「俺」または「私」は中国に行く日本知識人の旅行者と違って、高い教育を受けていないことから漢籍に描かれた古代中国へのあこがれもなければ、またお金がなくて働かなければ食べていけないことから異国情緒などを楽しむ余裕もなかった。それは客観的に「俺」または「私」と中国の社会の最下層にいる苦力とを結びつけた。また、社会主義団体に参加したり、労働組合運動に参加したりした体験が作者の里村欣三に素朴な階級意識を覚えさせ、彼自身と中国の苦力とを階級的に連結させたのである。

しかしもう一方では、徴兵忌避で日本から逃げ出した形で中国に行ったにせよ、作者は中国人ではなかった。彼には帰るべき日本という祖国があり、自分は中国人と違う、あるいは中国人より優れている帝国の植民者であるという潜在意識を心底に持っているのである。そのため、「俺」または「私」は中国人労働者に階級的連帯感を感じると同時に、他者に対する違和感も消せなかった。労働者であると同時に日本人であるという二重の身分を持つ「俺」または「私」は矛盾な存在であった。

『苦力頭の表情』は日本プロレタリア文学の代表作として中国でも広く知られている。主人公の「俺」はロシア娼婦のところで最後の金を使い果たして、仕方なく苦力の群に割り込もうとしていたが、相手にしてもらえなかった。「俺」はその冷たい態度にめげずにみんなのあとについて働いていたら、一人の苦力がマントウ(4)と漬物をくれた。苦力頭も「俺」に盃を突きつけ、「俺」の日本語に驚きながらも、「感じ深い眼で俺を眺め、そして慰めるように肩を叩いて盃を揺ぶった。――やがて喰い物にも慣れる。辛抱して働けよ、なァ労働者には国境はないのだ、お互に働きさえすれば支那人であろうが、日本人であろうが、ちっとも関った（ママ）ことはねえさ。まあ一杯過ごして元気をつけろ兄弟！――苦力頭のアバタ面にはこんな表情が浮かんでいた。(5)」

この言葉のため、『苦力頭の表情』はプロレタリア・インターナショナリズムの代表作とされてきたし、里村欣三は中国人に好感を持っているといわれてきた。祖父江昭二はこの苦力頭の段落を高く評価し、「ここには下づみのルンペン的な労働者たちの民族的な偏見などにわずらわされない素朴な交流がとらえられており、しかも、そういうものをとらえ得たのは、そこに、おそらく作者の体験を前提としてではあろうが、やはり社会主義的な意識が存在したからであることが理解されるだろう。[6]」と述べた。また、この作品は中国でも高く評価され、里村欣三がプロレタリア作家になる思想的基礎がここに築き上げられているとされた。李弘慧は「辛い労働の中で中日両国の労働者が互いに理解し合い、心が通じ合うようになったからこそ、彼が帰国後プロレタリア作家の道を歩み始めた思想的基礎が築き上げられた。[7]」と指摘した。祖父江も李も主人公「俺」と苦力頭の「対話」は無産者階級の意思疎通であり、そこには階級的連帯感があって、作者里村欣三の社会主義的意識が働いていると考えていたようである。

しかし作品の実際の内容を見てみれば、「労働者には国境はない」という考え方も「兄弟」という呼び方もあくまでも苦力頭の口から出るものではなく、まったく中国語のわからない「俺」が苦力頭の表情から読み取ったものである。いいかえれば、これは「俺」自身の想像あるいは期待にすぎない。「俺」と苦力頭との間に本当の交流があったわけではなく、「俺」の一方的な甘えしか存在していないといったほうがもっと適当かもしれない。

この甘えはただ一人で異国を放浪する孤独な放浪者の人間的ぬくもりに対する渇望と放浪先で生きる道を与えてくれた苦力頭に対する感謝からきたもので、「民族的な偏見」を超えたプロレタリアの友情に繋がっているとはまだいえないと思われる。その証拠に、『苦力頭の表情』には「薄汚い支那人」、「得体の知れない薄気味の悪い支那人」といった中国人を蔑視する言葉があるだけでなく、問題の苦力頭にしても「アバタ面の一際獰猛な苦力頭」のように、あまりよく描いていなかったからである。

じつは里村欣三が「支那苦力」を描く時、その粗末な食べ物や、不潔な格好や、不思議な生き方などを、生理的な嫌悪があると思われるほど、悪い言葉を使うことが多い。まず、中国人を不潔なものとして、「臭い」「汚い」といった悪い形容を使い尽くすつもりでもあるかのようにさんざん貶めたのである。たとえば、中国人のたくさんいる汽車に乗ったら、「大蒜の悪臭と、どろどろのボロ衣服から発散する異臭が、車内の空気を泥にしている。」(8)と、短い一文に「悪臭」「どろどろ」「異臭」「泥」を重ねて使うことによって、中国人を嫌がる気持ちをあらわにしている。

また、マントウや長ネギだけでも生きられ、生涯にわたって女を持つことがなくても大丈夫という「支那苦力」を、里村は驚異と軽蔑を交えた複雑な目で眺めていた。「昼飯の時、苦力のひとりが俺にマントウと茶椀に一杯の塩辛い漬物を食えと云って突き出した。

いくら腹が減っていても、バラバラした味気のないマントウは食えなかった。」というふうに、支那苦力の生き方に日本人である「俺」がどうしても馴染むことができないでいた。たとえ同じ労働をしていても「俺」が日本人だ、違うのだという潜在意識は存在している。ここには民族的な偏見を超えたプロレタリア・インターナショナリズムというものはまったく存在せず、むしろその中に日本人である自分とはまったく違う他者か異類に対する偏見だけが読み取れるといえよう。

同じく満洲放浪に言及した作品は『放浪病者の手記』である。これは一人称の「私」が日本国内と中国の満洲を放浪した経歴を素材にした作品である。その最後の段落は「修理婦」で、主人公の「私」はハルビンで苦力をやっていた間、よく街角の「醜い修理婦」に洗濯や針仕事をさせたりしたが、ある日この「私」は長い間抑えられていた性欲の「咄嗟の衝動」で修理婦を自分の部屋に引っ張り込んで乱暴をした。翌日、修理婦が「私」を探しに来て結婚を要求したので、「私」は怖くなってほかの町へ逃げてしまったのである。

『放浪病者の手記』の「私」は『苦力頭の表情』の「俺」と同じ労働者であるが、「俺」と中国人苦力との階級的連帯感を主題とした『苦力頭の表情』と違って、中国人を他者化する傾向が強かった。たとえば、終生性生活を持つことのない中国人苦力を「私」は不可思議な存在と思って、「忍耐強いこと、まるで牛のように」というふうに、中国人を動物にたとえ、また「しかし私には支那人のように、性に対する忍耐力がない！」と、自分と中国人との差異を強調した。作者はここで放浪者であってもやはり日本人である「私」と「支那人」とを対置させ、「私」が中国人ではなく日本人だということを強調しようとしていた。

また、修理婦(9)に乱暴をして逃げたあと、「私」は自分の行為に罪意識を抱いたのではなく、「この私を民族的な復讐の刑台に据えようというのか！」と、自分を「異国人」と位置づけ、中国人の修理婦に対する乱暴は犯罪であることをまったく意識せずに、自分がもしそれで罰せられるのであれば、中国人の「民族的な復讐」であるように思い込んでいたのである。

「牛」のような中国人苦力に対しても、「醜い修理婦」に対しても、主人公の「私」は終始それを他者と見なして、同情も連帯感も感じていなかった。それと同時に、日本人である自分自身に優越感を抱いていた。

このように、里村欣三は支那苦力を一方的に兄弟だと思って苦力の群に無理に割り込もうとしながら、もう一方では苦力を異国の他者として本能的な嫌悪を持って眺めていた。この眼差しの根底には里村自身が徴兵忌避で日本人として失格者である自分に対するコンプレックスと、日本のいわゆる「満洲経営」に従ってだんだんと植民地化された中国に対する蔑視を日本人としてどうしても免れないといった複雑な主体の在り方がわだかまっているのである。

第二節　革命の先輩で無知無謀な民衆

満洲放浪から帰国した里村欣三は『文芸戦線』同人となり、プロレタリア作家として活躍していた。その間も依然として中国への関心は変わらなかった。一九二六年から一九二七年にかけて、中国の北伐戦争[10]という民主主義革命に対するあこがれを持って、二回も上海に渡った。

一回目は一九二六年一〇月の下旬で、蒋介石の北伐軍に参加しようとしていたが、満洲で覚えてきた中国の東北方言を使ったため反動派と誤解され、危うく捕まりそうになって、仕方なく日本に逃げ帰ってきたのである。

翌一九二七年、里村欣三はある日本料理屋の女中に惚れていた。しかし、「幾度か恋文を書いた[11]」が、返事をもらうことがなかった。その間、ブルジョアのために仕事することに耐えられず、やはり中国の革命に心を奪われた。「行け！　行け！　産業労働者の組織の中へ――そして意義ある解放戦の部署に就け!!」と、里村は短編小説『疥癬』で今回の上海行の事情を書き、中国革命に参加する衝動を抑えられない主人公「私」を作り上げた。「私達は毎日毎日、新聞面を眺めては、この支那の革命軍に、若い情熱が呼びさまされて来るのをどうすることも出来なかった。」しかしそれと同時に、今回の里村の上海渡航の目的は中国の民主主義革命に激情を迸《ほとばし》らせた一方、「告白して拒絶されるよりも、この孤独の体を、支那大陸の民衆運動に思い存分に叩きつけて、そして永久に彼女の幻影をなつかしく抱いている方が、よほど仕合わせだ。」というはかない恋の鬱憤を情熱的な革命運動で晴らそうという下心があるのも見逃せない。そういう事情のもとで、一九二七年六月⑿里村欣三は小牧近江といっしょに『文芸戦線』の特派員として上海に発ったのである。

この二回目の上海渡航の間、里村と小牧は郁達夫や田漢をはじめとする中国の有名な作家たちと歓談し、「『堅苦しい礼儀』が除かれて、全く親愛なる友人になり切っていた。⒀」また、田漢から「全世界無産者階級文学者聯合起来（全世界無産者階級の文学者は連合すべきだ）！」という中国語の手書きをもらっていた。この友好交流の確立には『文芸戦線』のインターナショナリズムの主張と関係があり、また日本留学歴のある郁達夫らの流暢な日本語も原因になっていたと思われる。

このように、里村と小牧の二人は中国の革命に多大な情熱を寄せていた。ルポルタージュ『青天白日の国へ』において、二人は中国の革命者を「我らの先輩」と呼び、また

「長崎人にとっての上海は大阪より近い。と、同時にモスクワより近い民国の革命をも亦等閑にふすことのあってはならない。僕らは今少しく遠回わりしない支那を学び、時にとってはかの地を踏むことをも企て、より積極的にかの同志の力となり、血ともなりたいものだ。」と、日本と中国の深い連帯関係を痛感し、両国の無産者階級の連合革命を強く呼びかけた。これはまさに里村欣三が描いた中国人像の頂点であった。この時期は里村欣三のプロレタリア作家としての活躍期で、また日中両国のプロレタリア同士の協力を最も情熱を持って期待していた時期でもあった。

しかし、当時の上海は革命の情熱に巻き込まれていながら、「白色恐怖[14]」と呼ばれる蒋介石政権が中国共産党を鎮圧する反共クーデターもあった。貧しい人々を心から同情していた里村欣三はもともと大資産家の利益を代表する蒋介石政権におのずからあまり好感を持っていなかったようである。上海から日本に帰ったあと、革命的な情熱が冷めて、上海の情勢と中国の北伐を傍観者の立場から冷静に考える余裕が出てきたとき、『動乱』と『兵乱』の二作が生まれたのである。

『動乱』は上海を舞台にし、政治的関心を全然持たない船大工朱敬鎮夫婦が北伐運動によって引き起こされた動乱の中で一人息子を失い、最後に朱自身も射殺された話である。朱一家は中国の無産者階級に属しているにもかかわらず、北伐運動への関心も参与もなく、また北伐運動から救われることもなかった。そればかりでなく、かえってこの運動の被害者となってしまったのである。小説の最後に息子を失った朱敬鎮は革命の情熱に駆られて集まる群衆に向かって、「この愚かな私をここに導き、この演壇に飛び上がらせたのは、皆さん！　この血みどろに血塗られた党旗です。見てください！　見てください！　この血塗れの党旗には…」[15]と訴えて、大資産家の代弁者である蒋介石が指揮した北伐運動が本当の労働者にとってどんな愚かなものであるかを指摘した。里村はここで朱敬鎮一家を通して、北伐運動をはじめとする中国の民主主義革命に対する疑義を提出し、同時に、自分が当時参加していた日本のプロレタリア運動にも深い懐疑を抱いたと思われる。

しかし、時代の動きに翻弄された中国民衆の無智と不幸に対して、『動乱』の一人称の主人公「私」は全くの傍観者で、「一九××年×月、私は××××の気運に昂揚し、プロレタリアートの熱情に飛躍する上海にいた。だが、私は悲しい放浪者で、この上海に波打つ支那プロレタリアートの光輝ある闘争の展開に、見苦しくも袖手傍観していなければならなかった。インターナショナルを信ずる者にとって、これはまた何という恥辱であったろうか！」[16]と、里村欣三は最初から「私」を「放浪者」「傍観者」と位置づけ、「インターナショナルを信ずる者」と自認する「私」と小説における「傍観者」としての存在との間に亀裂を置いていた。そして、最後に「××も、動乱も、そして嵐も、何にもかも一切が私を置去りにしたのだ。自分は孤独な放浪者だ。」とあったように、放浪者という一語で、上海の動乱と中国の無産者階級の境遇を、あくまで手を拱いて傍観の態度で通そうとしていた放浪者の「私」を作り上げたのである。

それだけではなく、里村は「革命は無秩序な騒音である！」と、北伐軍入城直前の上海群衆のデモ行進を盲目的な騒動として描いた。その描き方は同じく一九二八年から書き始められ、中国の民主主義革命を背景とした横光利一の長編小説『上海』と似ているところが多い。たとえば、騒動する中国民衆を、里村欣三は主人公「私」の酔った目に見える異様な風景として、「群集の流れが、広場に吸い寄せられていた。それが、酔った私の眼にも幾万と知れない黒さに感ぜられた。党旗、スローガンの幟、組合旗、そして動揺めく群集の黒さ！」と描いた。これに対して、横光利一の『上海』において、主人公参木が頭上の回転窓から群衆を眺めていたのである。「その窓のガラスには、動乱する群衆が総て逆様に映っていた。それは空を失った海底のようであった。無数の頭が肩の下になり、肩が足の下にあった。彼らは今にも墜落しそうな奇怪な懸垂形の天蓋を描きながら、流れては引き返し、引き返しては回る海藻のように揺れていた。(17)」と、横光利一は群衆の動きを奇怪な風景として眺め、擬物化の比喩を使うことによって、革命主体である民衆の主導性を抹消した。この横光利一は『上海』の最後に「明日から、もし陸戦隊が上陸して来て街が鎮まれば、またあの日のように、自分はここでぼんやりとし続けていなければならぬのだろう。」と書いて、日本侵略軍の上海侵入を中国の革命運動を鎮圧する頼りにしていたのである。この一語だけでも戦後横光利一はその戦争責任を追及されたのも無理はないといえよう。そんな横光利一と似通った描き方でプロレタリア作家の里村欣三が中国民衆のデモ行進を描写したのは明らかに不合理なことである。

酔った目に回転窓、両方とも中国の群衆をまともに真正面から取り扱わず、無機物の盲目的な動きと見なしたのである。このような描き方の中には、中国の革命を真に理解しようとせず、かえってそれを自分と関係のない他国ないし別世界のできごとで、しかも目的ある革命ではなく、群衆の無智による機械的妄動でしかないと感じ取ったような、徹底した傍観者の無関心な態度と蔑視が存在するわけである。

そのうえ、里村はプロレタリアの革命と中国の北伐という資産者階級の革命との区別をよくつけられなかった。プロレタリアートである大工朱敬鎮一家の不幸はこの北伐運動がもともと無産者階級のための社会主義革命ではなく、資産者階級が封建主義旧勢力を掃滅するための民主主義運動であることによるものだということに、里村欣三はあくまでも気づいていなかった。北伐の目的は蔣介石を中心とする資産者政権の樹立にあるため、朱敬鎮をはじめとする無産者の参与自身は盲目的な行動でしかなかったことを、里村は理解できなかった。

ここには、里村欣三のプロレタリア作家としての限界が見られると思う。澤正宏は工人でも農民でもない里村欣三の放浪者の身分を見据えて、「プロレタリア作家としては、労働者がおかれている切実な現実を自分の問題として背負いきれないという欠点をもった作家であった。[18]」と指摘した。これはプロレタリア作家の里村欣三に対する適切な評価であるといえよう。里村欣三の中国体験はその時間の長さにもかかわらず、終始放浪者の身分で通そうとする一面があり、あくまでも革命の、ないし中国と中国人の、真の理解者ではなく、異国の傍観者の域を出られずにいたのである。中国の民主主義革命は里村欣三にとって、放浪者の目に映る途上の風景で、傍観者の目に映る対岸の火事でしかなかった。里村の中国革命運動に対する理解は浅いものであるといわなければならない。彼は中国の民主主義革命の段階性についても真の目的についても深い理解を示すことができなかった。

一方、同じく北伐戦争を背景とした『兵乱』は戦乱に陥った中国の農村を舞台に、戦乱に苦しむ中国の農民の生活を描き、二人の農民運動のリーダーの北伐戦争に対する意見の分岐を最後に掲示した。『動乱』のように一人称の主人公を設けずに、直接三人称で、戦乱を利用して農民の土地とお金を巻き上げようとした大地主と高利貸、それに戦乱を怖がって逃げ回る農民を登場させたのである。最後に北伐革命を支持し、蒋介石政権を信じる農民リーダーの一人は農民武装を大地主の管理下にしたが、反対の意見を持つもう一人は「新しい政治権力と真正面にぶつかって闘争し得る組織と訓練をもつだけの準備にかかろう。」[19]といって故郷を離れた。それから三日目に国民革命軍が入ってきて、農民武装が解除された。「三日目には、国民革命軍が進入して来た。軍隊の力で土匪は難なく掃滅されたが、新しい反動権力が再び農民の上に押しかぶさって来た。農民の武装は一切まきあげられ、銃器を失った百姓には三百元の罰金が課せられた。」「新しい反動権力」とは蒋介石政府のことである。これは資産者階級の利益を代表するもので、そのもとで、北伐に参加した農民は武装を解除されたばかりでなく、もともと高利貸から借りたお金で買った武器まで取り上げられ、当初の借金に加えて新しく「罰金」まで取られたのである。最後に二人の農民運動リーダーはそれぞれ蒋介石政府がリードした資産者階級の民主主義革命の道と、中国共産党がリードした無産者階級の社会主義革命の道を選んだのであるが、蒋介石を選んだほうが、武装解除されて、農民の利益を主張することができずに失敗したのである。

『動乱』における朱敬鎮一家と同じように、『兵乱』における農民もこの北伐運動に傷つけられてばかりいて、その境遇を改善することができなかった。朱敬鎮一家は工人の代表で、『兵乱』に登場したのは農民たちである。つまり工農の労働者、プロレタリアートは北伐運動が資産者階級の革命であるという本質がわからないままにそれに巻き込まれ、盲目的にそれに追随していったことで、この「革命」から被害を被ったことを、里村欣三がいいたいのではないかと考えられる。

しかし、『動乱』より『兵乱』のほうは中国への関心がはるかに強かった。中国の農村と農民をまともに描いた傑作と思われるが、一方、そこには里村欣三の、中国民主主義革命に対する深い懐疑と、蔣介石政権に対する強い反感も示されたと思う。ブルジョア政権のもとで無産者階級の真の革命はできないことを、里村欣三はおぼろげながら意識したのではないかと思われる。無産者階級の革命はこれからどの方向に向かっていくべきかという重大な課題が『兵乱』によって提示されたのである。それは里村自身の思想上の行き詰まりを物語っているだけではなく、彼を取り囲む日本のプロレタリア文学運動の数々の内部闘争と分裂も影濃く投影されたのではないかとも考えられる。

いわば、この時期は里村欣三がプロレタリア文学運動とその中にいる自分の在り方を再認識する時期で、同時に、革命の気運が高揚する一方、資産者階級を代表する国民党と無産者階級を代表する共産党が協力する「国共合作」の亀裂が徐々に拡大していった中国と、その渦中にいる中国人への再認識の時期でもあった。この時期の作品に登場する中国人が革命家、労働者、農民、地主、軍閥といったように多様化しているのも、里村欣三自身の中国という革命の国とプロレタリア革命運動に対する考え方の混乱ぶりを象徴しているのではないかと推測できよう。

第三節　植民対象で敵対する他者

満洲事変発生後、一九三一年一一月下旬から一二月にかけて、里村欣三は『改造』から従軍の誘いを受けて満洲に渡った。彼にとって三度目の満洲行である。もはや「支那苦力」とともに働く放浪時代のルンペン労働者ではなく、その身分が従軍記者に転換した里村欣三の目に映る中国人の姿も昔とずいぶん違うようになったのである。

満鉄沿線の日本軍占領地における日本人の熱狂と、鉄道から離れた満洲奥地の中国人の沈黙が好対照になっていることに、里村はまず気づいた。「最初のうちは支那人の無知を嘲笑い、愛国心の欠乏を罵倒していた兵隊も、いつの間にかこの支那人の無関心な態度のうちにひそむ、無限の底力に一種異様な感じにとらわれるらしい。[20]」これは、植民者である日本人として、植民の対象となる中国人を見る目である。中国人の民族的な「無限の底力」に対する侵入者の「異様な感じ」は、いわば植民者と被植民者の間の敵対を敏感にとらえたものといえよう。里村欣三はこの時、かつての国境のない労働者同士の連帯感を忘れて、中国人を敵国の人間、植民占領の対象と考え、帝国日本の立場に立っていることは明らかである。

従軍記者として書き上げたルポには中国人への関心も同情も見られず、むしろ帝国日本と植民地満洲との対置の中で、日本軍隊の一員、少なくとも付属者の一員として、遠く満洲の戦乱と、ほとんどすべて柔順に沈黙を保つ植民対象の中国人を見ていた視線しか感じられないのである。

かつていっしょに働いていた苦力もついに車窓からの眺めとなった。「兵舎や停車場の給水タンクに、苦力の群れが、えんえんたる隊列をつくって水をかつぎあげている。」「私がこの駅を通過した時には、バケツや水桶をかついだ苦力の群れが、片栗粉のような雪をふんで遠くから飲料水を兵舎へ運搬している光景をみた。」というように、列車の中にいる里村と、雪を踏んで日本軍のために水汲みをする苦力が車窓一枚を隔てて違う世界の人間になってしまったのである。車窓からの眺望は従軍記者として日本占領軍と一体化した里村欣三と「支那苦力」との間に越えられない距離が開けたことを暗示した。

中国人研究者の間では近年日本の文学者が満鉄の汽車を利用する満洲の旅を記した旅行記を特別扱いする傾向が見られる。南満洲鉄道株式会社は植民戦略の一環として、日本の満洲侵略に多大な役割を果たしたのは周知のことではあるが、夏目漱石をはじめ、菊池寛・室生犀星たち文学者を満洲へ招待し、漱石の『満韓ところどころ』など満鉄沿線の風景を描いた旅日記を数々残し、文学の面でもかなり影響のある存在であった。これらの作品は中国では「満鉄鉄道叙述」とまとめられ、たとえば朴婕が「『満洲鉄道』叙述は日本の文化と政治をイメージしており、日本がいかに『民族国家』の範疇を超越して、帝国神話を築き上げたかを体現したのである。[21]」と指摘した。

里村欣三は直接満鉄の招待を受けた者ではないが、従軍記者として満洲にいた間、ほとんど満鉄の汽車で移動していた。そのため、彼が車窓を通して眺めた風景は、かつての日本文学者が描いた満洲と重なる部分が多く、「満鉄鉄道叙述」に属する一面がある。里村欣三のルポには、日本統治下にある満鉄沿線の付属地は日本という国の国境線をそのまま鉄道によって引かれたような移動の政治空間として描かれた。この空間は満洲に実在していながら、本質上では満洲ではなく、日本そのものと見てよかろう。そのため、汽車の中にいる里村と、その外にいる中国人苦力は、植民宗主国日本と植民地満洲にそれぞれ帰属してしまうものであると思われる。

自分は日本人だという自意識のもとで、里村は満鉄の巧みな運営と、上手に汽車を活用した鉄道戦争の戦術を褒め称える一方、「満蒙の権益を無産者階級へ」ということは実現可能かどうかをルポの中でいろいろ論じたのである。「事変の昂奮がおさまり、熱湯のごとき国民の熱狂が去り、すべての人びとが冷静にかえった時、彼らは満蒙の権益の所在をはっきり自覚するであろう。日本の内地でも、国家社会主義者の間には『満蒙の権益を無産階級へ』という論が流行している。」と、里村欣三は在満日本人の大多数を占める日本無産者が満蒙で本当に利益を獲得できるかについていろいろと考えを述べた。プロレタリア作家としての階級意識はまだ残っているにしても、もうかつての国境や民族を越えたプロレタリアートの友情は消えてしまい、その代わりはっきりと自分を日本人の範疇に入れ、かつて兄弟と見ていた中国人苦力をはじめとする中国の無産者を植民略奪の対象として考え、その代わり日本の無産者を植民宗主国の人間で植民利益の獲得者であるように考えたのである。

満洲事変従軍のルポは里村欣三が描いた中国人像に一線を引いたようなものといえる。満洲事変が起こると、日本軍部はたいへんな人気になり、新聞は連日戦勝を報じたし、国民は歓呼の声を上げた。このあとは軍部が台頭し、日本は軍国主義時代に入ってしまう。時局の影響もあり、このあたりから、里村欣三はプロレタリア文学陣営から遠ざかり、転向の兆しが見え始めたのである。

のちの自伝的作品『閣下』にも「わたしは前に申し上げましたように、からだの穢れているものです。満洲事変が起きる頃まである思想の中にいて、精神の持ち方は明らかに間違っていたものです。」[22]とあったように、満洲事変までに「ある思想」――これは社会主義思想のことだが――を信じていたプロレタリア作家だったが、満洲事変を境に思想の転換があったと、里村は自分で述べたわけである。そのため、満洲事変従軍は最初の時はおよそ日本の中国侵略を支持するために承諾したものではなかったかもしれないが、実際満洲という日本の海外植民地を自分の目で確かめ、身をもって戦場を体験し、軍隊と接触していた間に、里村欣三の考え方に根本的な変化が生じたのではないかと考えられる。プロレタリア運動に参加し、政府から邪魔者扱いされる自分と、大日本帝国という民族的大ロマンに熱狂していた社会の雰囲気とがそぐわないのに気づき、どこか引け目を感じるようになったのではないかと、従軍のルポにもその後の作品にも読み取れるのである。

たとえば、一九三五年に書かれた小説『苦力監督の手記』に登場した中国人は満洲放浪時代のそれと比べればはっきりと違い、中国人苦力は日本人と対立する他者として描かれたのである。

一人称の主人公「俺」、水谷三郎は苦力監督を務めた日本人である。苦力は汽車で北上して、自分のふるさとから遠く離れたところで日本軍の兵舎を建てる仕事をしていた。この時「俺」はまだ中国人に心から同情を寄せていた。長い汽車の旅で苦労した苦力たちを「俺」はすぐ働かせないで大目に見てやったら、日本人のおやじに叱られた。「貴様は何か言うと、直ぐ支那人に同情しやがる。そんなことで仕事になると思うか、馬鹿！」しかし、中国人苦力は「俺」のせっかくの好意を裏切って、目的地に着いたその日の夜中に一人残らず逃げてしまった。「戸を一杯にひき開けると、やっと倉庫の奥まで、朝の光りが射し込んだ。藁屑がかき散らされたまま、藻抜けの殻だ。藁屑の上には、はっきり寝型が残っているので、彼奴らが昨夜ここで寝たことだけは、確だった。そして雪のあがった未明になって、逃走したのに違いない。」苦力の逃走は「俺」から見れば、自分のせっかくの善意に対する裏切りである。「俺」はこのことでおやじに向ける顔がなくなり、中国人に厳しくしろとするおやじと、中国人に同情を寄せていた自分に対して、改めて考えさせられたのである。

おやじがいろいろ工夫してまた新しい苦力を集めてきたが、今回は「俺は外套のまま戸口へ寝転がり、ポケットの中でしっかりとピストルを握り締めていた。」と、厳重に見守っていたにもかかわらず、苦力がまた夜中に逃げた。逃げたばかりではなく、監督の「俺」を気を失うまで殴って、指まで切ったのである。その時、日本の兵士が騒ぎを聞いて駆けつけてきて、「俺」を助けた。「俺は生れて始めて、ふるいつくような嬉しさで、日本語の発音を聞いた。救われたと思った。」ことここに至って、長く中国にいた主人公は中国人に対する好感と同情を失い、その代わり、日本語の発音に感動すると同時に、自分が中国人の対立面に立っている日本人だという自我認識をはっきりと確認させられた。いわば、苦力に逃げられ、傷つけられたことによって、「俺」の中国人に寄せる一方的な親近感は抹消されたのである。

もっと多い苦力を集めるために、「俺」は汽車に乗った。車内はほとんど中国の百姓であったが、「頭を辮髪にした中老の百姓が、何んと思ったのか、にやにや笑って俺に席をあけた。」かつて従軍記者として満洲事変に沈黙していた中国人の底力を感じた里村欣三は、今回中国人の態度に反感を持つようになった。「事変以来、急に支那人の腰が低くなったのは事実だが、こんな風にあけすけに好意を見せられると、感謝よりも嫌悪が先きに立った。」

といって、中国人の好意を嫌悪する主人公は、中国人の反抗が好きかといったら、そうでもなく、好意が嫌だと思うと同時に、反抗はもっと堪えられなかった。

車内に泣き止まない赤ん坊と母親がいた。「俺」は赤ん坊がかわいそうで、わざわざ駅の日本兵に砂糖水をもらってきて母親にあげようとしたが、彼女は「俺」の好意を固く断った。「車内の支那人から、じろじろと顔を見られるのが苦しかった。女に差し出したパンと砂糖水のひっ込みがつかない。俺は窓をあけて、疾走中の車外へ投げ捨てた。」「投げ捨てた」という一語からも、女の拒絶に対する「俺」の憤怒が感じられよう。

要するに、日本人の「俺」は支那苦力とのいざこざのあと、自分に好意を示す中国人に対しても、また自分を嫌がる中国人に対しても、すべて好感を持つことはできなくなった。席を譲ってくれる中国百姓の好意を断った「俺」の好意はまた中国の女に断られたという二つの事件の連鎖的な発生は「俺」と中国人が敵対する二つの民族集団、あるいは国家に属することを示したのである。

それだけでなく、最後に「俺」がずっとこの人こそ自分の理解者に違いないと信じてきた中国人妓女金鳳蘭まで日本人である「俺」を憎悪した。「お前のような碌でなしは、日本人の社会では大手をふって威張れないものだから、自分たちより弱い、貧乏な支那人の中へまざり込んで、威勢をはりたがるんじゃないか。」と金鳳蘭は「俺」にいったのである。これは中国人妓女の言葉というより、「俺」が今まで自分が日本人なのに中国人ばかりに好感を持っていた原因を突き止めた自己反省に当たる言葉と考えられる。澤正宏はこの言葉について「水谷三郎の植民地人に対する欺瞞と、自国と植民地との間にあって働く彼の本質とが鋭く言い当てられる。」と指摘したが、「碌でなし」の自分が日本人の間では絶対感じられないような優越感を中国人に求める卑劣さを認識して、「俺」は再び中国人に好感を持つ可能性さえ切断された。以後、「俺」は日本人という国家的民族的集団の中へ帰ってしまい、中国人苦力を「兄弟」と呼ぶ過去の国籍を忘れたプロレタリアートであった自分に別れを告げたのである。

『苦力監督の手記』は語り手と主人公を重ねた「俺」が中国人に同情する日本人から、中国人を嫌悪する日本人に変わっていく過程を描いたことによって、里村欣三の中国人観がターニングポイントを迎えたことを示した作品だと思われる。

第四節　戦乱を生き抜く卑劣者で救済すべき相手

一九三七年日本が全面的に中国侵略戦争に突入した時、かつて徴兵忌避をした里村欣三は岡山で応召して、第十師団第十聯隊の本部所属通信隊の輜重《しちょう》兵となった。一九三七年八月一五日、里村が所属する部隊が中国の天津の近くにある太沽港から上陸した。その後、ずっと一九三九年一〇月召集解除の命令が出るまでの二年余りの間、里村欣三は馬を引いて通信機材を運ぶ輜重兵として中国の華北華中戦線で数千キロを踏破し、徐州会戦・台児荘会戦・太行山八路軍掃蕩戦など数々の大きな戦役に参加した。一兵士として中国で転戦した体験は里村欣三を根本的に変えた。したがって、主体の里村自身が変わったとともに、客体として映る中国人像も当然変わってしまったのである。

戦争体験を素材にした里村欣三の作品は、『津浦戦線』『黄河作戦』『徐州戦』という

『第二の人生』三部作と、転向の書といわれる『兵の道』、短編小説『補給』『悔恨』、それに「敵性」「獺」「マラリヤ患者」などを収めた小説集『光の方へ』、および『われらは如何に戦ったか』などの随筆がある。『第二の人生』をはじめとするこれらの戦争小説の中で主人公はだいたい並川兵六という三人称の人物である。この並川兵六は作者里村欣三自身の投影と考えても差し支えない。表面上三人称を使っていたにもかかわらず、実際は前期作品における「俺」または「私」と同じように、作者自身が直接作品に登場する実体験を描く文学である。

この並川兵六は信仰、中国人に対する態度、および戦争に対する考え方においての変遷を経て、最後にかつてのプロレタリア作家としての自分を完全に否定し、帝国主義侵略戦争の徹底的な支持者となったのである。

まず、信仰の面で、『第二の人生』第一部の始まりには、「彼の思想はすでに、この五六年来の事情時局の重圧に堪えかねて、微塵に破砕し尽くされたものであった。思想の破産は同時に、生活の破産であり、その頃彼の故郷への逃避が始まったのである。[23]」と書き、プロレタリア文学が退潮したあと、里村は精神的な支柱を失って、東京を離れ、ふるさとに逃げ帰らざるをえなくなった経緯を述べた。そのため、「最初、召集の赤紙を手にした時、兵六は何がなしほっとした。助かったと思った。思想を捨て主義から離れ、生活の信条を失って野良犬のような暗闇を彷徨している彼に、微かな光が射したように思えたのだ。思想的な立場を完全に喪失した彼は、唯々として上官の命令に服し、厳しい軍紀のもとに素直に服従できる身軽さを感じ、胸を叩いて喜ぶのであった。」「上官の命令」と「厳しい軍紀」はかつての社会主義信仰にとって代わって里村欣三の新しい精神的な支柱になったのである。ここを見ても里村欣三はマルクス主義に対する真の理解からプロレタリア文学運動に参加したのではなく、徴兵忌避で正常な身分を失い、法律に違反し正常な生活ができない自分が、同じく違法のプロレタリア文学者同士の中でしか自分の属すべき集団を見出せなかったということは見逃せない。この辺は綾目広治が指摘したように「多くのプロレタリア文学者にあったマルクス主義理論に対しての、丸山真男が言うところの『理論信仰』、すなわちマルクス主義理論を物神化して信奉するようなあり方も、里村欣三においては無縁であったと言える。[24]」かつてのプロレタリア作家時代において里村欣三はマルクス主義を信奉しなかったと同じように、彼は本当に「戦場の法則」をも信奉してはいなかった。彼にとって、プロレタリア運動に参加することも、喜んで召集を受けたことも、ただみんなから隔離された孤独を恐れ、自分の属すべき集団を探すためだけであった。いいかえれば、それは孤独を恐れる弱い人間の周囲への求愛にほかならないのである。

その「戦場の法則」が本当に兵六の信仰となったのは『第二の人生』の第三部『徐州

戦』においてである。このときの並川兵六はすでに過去の一切を忘れ捨て、いわゆる「本当の日本人」、つまり大日本帝国の臣民、帝国主義侵略戦争の支持者と参与者になりきっている。「過去の誤謬、社会主義思想……そんなことはなんでもないのだ。よしんば兵六自身がどのような思想を持ち、どのように特別な人間であろうとも、この戦場の『現在』に立たされた刹那には、如何に藻掻き、如何に意思しようとも戦争の法則からは絶対に逃げられないのだ。戦争の法則の支配下に立てば、国家の生命力を伸長させるための立派な戦闘力である。過去も未来もない。戦争が有利に展開されることだけを、意思し、念慮し、行為する『現在』の感覚があるだけだ[25]。」とあるように、「戦場の法則」はもはやかつてのマルクス主義に代わって戦争という極限状況における兵六の唯一の精神上の支柱となったのである。

『第二の人生』三部作は里村欣三が「プロレタリアの放浪癖」を完全に直し、マルクス主義思想を放棄し、軍隊に同化され、一個の兵士になるまでの精神変遷史を記したのである。

社会主義から軍国主義への転向に従って、里村欣三の中国人に対する態度にも根本的な転換が生じた。特に、満洲事変のルポにも『苦力監督の手記』にも登場した日本侵略軍に雇われる中国人苦力は、里村欣三が中国戦線で転戦していた間も、日本軍隊に雇われていろいろな雑用に当たっていたため、『第二の人生』をはじめとする里村欣三の戦争文学にも多く登場したが、このような中国人苦力はいったい自分の国に侵入してきた日本軍隊をどのように思い、またどのような気持ちで侵略軍に雇われているのだろうか。それについて、里村欣三の考え方は何度か変わったのである。

最初の段階では、中国の百姓に対して依然として関心を持って、同情していた。

戦禍に苦しむ百姓の姿が兵六の目に痛ましかった。「この頃から、曠野を流浪している避難民の姿が急に目立って来た。日本軍の追撃が急なので逃げ切れずに追いつかれ、慌てて引返えせば、また忽ち後続部隊にぶつかってしまう。彼等は曠野の中で戸惑ってしまい、妻子を抱え、大八車に家財道具を積み込み、或いは揃えるだけの品物を天平棒で担いで、あっちこっちと彷徨っているのだった。」中国避難民に対する詳細な描写から見てもわかるように、里村欣三の中国民衆に対する関心と同情はこの段階においてまだ昔のままで変わっていないわけである。

しかし、中国人の苦しみに同情する一方、愛国心も民族的自尊心もなく、自分の国に侵入してきた日本軍隊のところで働きの場と金儲けのチャンスを見出そうとする中国人のふてぶてしさにまた何ともいえない嫌悪感を抱いたのである。

並川兵六が属する部隊が上陸したばかりの時、連日降り続く雨のせいで、道が泥濘《ぬかる》んで、行軍が困難をきわめた。その時、難行軍に苦しんでいる日本軍隊を見た中国人苦力が寄ってきて、軍隊の荷物を担いだり、馬を引いたりする。それに「水嚢一杯の水が、二銭という相場」できれいな水を日本の馬が泥水に慣れないのに悩む輜重兵に売ったりしてお金儲けをした。

このような中国人の行為をまだあまり反感を抱かずに、ただ中国人の商売の上手なのを驚嘆して眺めていられたが、苦力を直接雇っていろいろと付き合っているうちに、だんだんとその卑劣さに嫌気がさすようになった。

軍隊が石炭受領に行く時、苦力を雇って石炭を運ばせたら、彼らは運びながら密かに石炭を服の下に隠したりして盗んだ。働くことよりも盗むことを楽しんでいる苦力たちを見て、主人公の並川兵六が考える。「彼等は彼等の祖国をどんな風に考え、またこの事変をどんな風に見ているのであろうか？　恐らくどのような環境にも直ぐに馴染んでしまって、物乞いのような哀れさで生きて行く彼等には、兵六の期待するような批判も意志も持たないのであろう。蔣介石政権の下に於いても、このような哀れな生存を続けて来たのであろうし、また日本軍の占領下に置かれても、同じ生活の繰り返しに過ぎないのであろう。彼等には虫ケラのように、生存の本能があるだけだ。」里村欣三が植民対象の中国人をいっそ人間の範疇から排除して、本能によって生きている虫けらみたいなものでしかないような、軽蔑と嫌悪を交えた眼差しで見ていたことは明らかである。しかもその蔑視は石炭を盗む個人的な行為に対するものではなく、中国人という全体を対象として、いわば中国人の国民性として認識したわけである。しかし、中国人を軽蔑しながらも、蔣介石政権に従順だった中国人はこれから日本の植民占領にも従順であろうという推測が成り立つ安心感も薄々感じられたのであろう。

かつて満洲事変後従軍記者として渡満した時、里村欣三は中国人の沈黙の中に民族的底力が潜んでいるという判断をくだしたこともあるが、その後、『苦力監督の手記』においてて中国人に好感を持つ自分自身を恥ずかしがるような自己反省を経て、『第二の人生』三部作をはじめとする戦争文学となると、戦争対象である敵国の国民として中国人を眺めた時、批判と軽蔑が大部分を占めるようになったのである。

関心と同情が批判と軽蔑に変わった時、里村欣三の中国人観は徹底的に転覆してしまった。国境や民族を越えた階級的連帯感を持っていたプロレタリア作家であった里村欣三はもはや存在せず、残るのは日本軍隊の一兵士でしかなかった。

兵士として苦力をはじめとする敵国の国民である中国人に同情するのは心細いことで、兵隊の立場にそぐわないものだった。「聖戦の意義がはっきりと把握できないモヤモヤした空虚感が、兵六をして支那人に親しみを持たせる結果になったのではあるまいか。または敗残の窮民に必要以上な同情を示すところに、かつての思想の残滓が見られ、支那人を愛することによって卑劣な思想的満足を味っていたのではなかろうか？」ここでは主人公の並川兵六は自分が中国人に同情するのは、日本の軍国主義戦争の意味が把握できないこと、思想――つまりプロレタリア作家として持っていた社会主義思想――の残滓が残っていることに起因したものだと、自己反省を行ったが、里村欣三はこの言葉をもってかつてのプロレタリア作家であった自分と、その時の自分の中国人に対する関心と好感のすべてを否定したのである。今や軍隊の一員として、完全に国の立場に立ちきれず、また社会主義思想に近づいた昔の自分と決別しきれない状態を完全に変えられなければ、「一人前の立派な兵隊にすらなれない」と考えていたため、中国人を意図的に批判し、敵対意識を募らせる傾向があった。

浦西和彦が「『第二の人生』は第一の人生への決別でもあろう(26)」と指摘したが、転向声明を正式に発表したことのない里村欣三にとって、『第二の人生』三部作は前述の『兵の道』と同じように転向声明に当たる作品と考えられよう。

といって、里村欣三が中国人への同情を否定して、敵国の国民と見なすようになったあと、中国人を憎むようになったかといえば、事実はむしろ逆である。日本帝国主義政府は中国人を植民の対象として、大東亜共栄圏の中に収めようとする以上、一般の中国民衆は日本軍部の宣撫工作の重要な対象であるため、転向後軍部御用作家となった里村欣三は中国民衆と日本軍隊の親善を称え、日本の侵略戦争を正当化しなければならない立場にあった。

中国人の無節操と卑劣さに対する批判と、中国人を従順な植民対象にしようとする意図との矛盾を解決するために、里村欣三は日本軍部の宣伝から格好の口実を見つけた。「われわれは支那を征服するために戦っているのではない。日支の両民族が共存共栄の大理想と秩序を東亜に建設するために戦っているのだ。つまり支那を愛しながら、悪い思想に憑かれた部分の支那と戦っているのだ！」というように、日本の侵略戦争を、中国を改善するために行ったものにすりかえていた。

里村欣三によれば、支那苦力の泥棒行為も中国人の無貞操もすべて蒋介石政権のせいである。日本と戦っている「悪い思想に憑かれた部分の支那」とは、つまり蒋介石政権にほかならない。黄河の堤防を爆破して、無数の中国の百姓に災難をもたらし、日本軍の行軍に多大な困難をもたらした蒋介石の行為に憤怒を感じ、また数々の戦友を失った悲痛から蒋介石軍への敵対意識がだんだん強くなってきたため、かつてのプロレタリア作家時代に存在していた軍閥と蒋介石政権への反感がこのとき強い批判に変わったのである。

「孔子廟のこのような荒廃を見ると、とっくにこの国では孔孟の教えが廃れ、支那人の精神生活にどれだけの影響が残っているのか、疑われるのであった。そして現代の支那人を、どのような道徳が、新しく支配しているのだろうか。――堂宇の柱や壁には、ところかまわず毒々しい絵入りの抗戦ポスターや、伝単がペタペタ貼り付けてある。」とあるように、この蔣介石政権は孔子廟を荒らして、孔孟の教えに代わって抗日のスローガンをその柱に掲げ、中国人の精神信仰を破壊してしまったせいで、中国人は卑劣になったのだと、里村は分析していたが、中国人を「新しく支配している」道徳は抗戦スローガンではなく、大東亜共栄圏の「理想」でなければならないと言下に暗示していたのである。「わわわれは支那を征服するために戦っているのではない。日支の両民族が共存共栄の大理想と秩序を東亜に建設するために戦っているのだ。」とまるで日本帝国主義政府の代弁者のような図式的なことを里村欣三はいかにも自分の思想でもあるかのように書いていた。これはもちろん戦争文学によくあることではあるが、里村欣三の戦争文学に特に赤裸々に用いられているのである。また、荒れ果てた「孟子廟は、完全に皇軍の手によって守られたのだ。一ケ所も破壊の跡はなかった。」とあるように、蔣介石政権が中国人の民族信仰を破壊したのに対して、日本人がそれを救ったという対照の中に、日本の中国侵略を正当化させようとする意図が露骨に表明されたのである。

しかし、蔣介石政権を否定した里村欣三ではあるが、中国の百姓にとっても、多くの犠牲者を出した日本自身にとっても呪わしいこの戦乱はいったい何に起因したかという、究極的な原因を掘り下げようとはしなかった。立派な日本人、立派な兵隊になるということは、同時に、軍国主義日本が中国を侵略する行為を妥当だと判断し、自分もこの侵略戦争の加担者になることを意味していることを、まったく考えていなかった。もちろん、時局の制限もあれば、日本人という身分を持つ里村欣三本人はそこまで考えなかったのも無理はない。

徹底的な転向を成し遂げたあと、里村欣三は前田利為中将を会長に退役した軍人作家が集まった「文化奉公会」に参加して幹事を務めたり、日本軍部主導の「日本文学報国会」に参加して勤労報道第一小隊の隊長を務めたりして、日本軍部の御用作家となり、新しい合法的な団体の中で新しい合法的な身分を獲得し、精神的な帰依を見出したのである。

一九四四年六月から九月まで、里村欣三は毎日新聞社の特派員として中国の湖南戦線に行き、「大陸新戦場　湖南戦線従軍報告」や「大陸の怒り」などを書き、いわゆる「日支親善」の宣伝に力を尽くした。そうして太平洋戦争を背景に、親米の蒋介石政権に対する批判がますます強くなる一方だった。「支那事変の当初から、抗日政権の背後にある勢力は米英であり、その勢力を大陸から放逐しない限りは、支那事変の解決はあり得ないといわれていた。[27]」と、蒋介石政府を激しく批判し、また、「わが日本は世界を相手に戦っているんだ。すくなくとも、世界を相手にして戦ってゆくという壮烈な覚悟をもち、その覚悟に透徹して必勝の信念と誇りを、あくまで堅持しなければならない。」と書いて、自分が最後までこの戦争を支持する態度を固く表明したのである。中国の湖南省から帰国してからまもなく、日本の敗色が濃くなってきたころ、里村はまた家族や友人の反対を押し切ってフィリピン戦場に赴き、そこで重傷を受けて命を落とした。最後の最後まで、「僕はどこまでもこの戦争についていくつもりです。」と自分の決意を表明したのである。

第五節　おわりに

戦争に便乗したのは何も里村欣三一人だけではなく、多くの日本文学者も同じく軍部の宣伝を認め、自分を日本という大きな集団の中へ帰属させ、中国をはじめとするアジア諸国を他者にして、日本の植民侵略戦争は正当だと書いたのであった。

戦争はいつ終わるか、どのように終わるかは、わからない。だから文学者が選ぶべき態度は何通りかある。一つ目は筆を折って完全に沈黙することだ。しかしその場合、戦争が終わったあとに自分の仕事も影響力もなくなってしまうかもしれない。二つ目は、極力戦争批判の言葉を抑えて、文学の仕事をつづけることだ。その場合戦争が終わったあとに、仕事と影響力は残るかもしれないし、逆に戦争責任を追及されるかもしれない。三つ目は、軍部に便乗して戦争を賛美することだ。その場合、勝てばよいが負けたら責任を取らなければならない。

以上の三つのどれをとっても、それは賭けである。里村欣三が選んだ三つ目の生き方は不誠実だし不義だが、一つ目と二つ目はどちらも正しいとはいえない。そもそも最も戦争責任を負うべき軍部の指導者の中には、戦後に生き延びて政財界で重きをなした人物が少なくない。それにくらべると、あまり文学者の戦争責任を厳しく追及するのはおかしいとも考えられる。

文学者の戦争責任は日本では敗戦直後から二〇年ほどに渡ってさかんに論じられてきたが、今は論点の取り上げ方に共感できない日本人学者が多く、あまり論じられなくなっているようである。しかし逆に、中国では近年来日本の中国侵略に関する研究が歴史、文化、文学といった各分野でブームとなっている。「近年来、種々の歴史と現実の原因で、日本の中国侵略史をめぐる研究が学術界の焦点となり、日本の戦争文学、中国侵略文学および日本文学者の戦争責任についての研究はわが国の日本文学研究界でも広く注目を集めている。」[28]たとえば、中国の社会科学研究の最高レベルと主流動向を代表すると考えられる中国国家社会科学基金は年に日本文学関係のプロジェクトをおよそ一五項前後設立するが、二〇一八年だけを例に取り上げても、「重点項目」として「戦後日本文学界の戦争責任論争およびその思想史的位相」、「一般項目」として「日本戦後『第三の新人』作家の戦争叙述と日常認知研究」があったように、二項も日本文学者における戦争問題に関するものが設立されたのである。今後この動向は中国でさらに継続し、また拡大していくだろうと推測できる。

このように見てみれば、文学者の戦争責任について、日本人学者と中国人学者の間には認識上のズレが存在していると思われる。

里村欣三を例にすれば、日本人学者が彼の転向と戦争文学に対して、善意的な理解を示した人が多く、もともと弁解する余地のない里村の戦争への徹底的な支持をも、事実をねじ曲げてまで弁解しようとする意図が見られ、さらにどうしても弁解できない時も残念という一語ですべてを解消しようとしている。最も典型的なのは戦争末期に里村欣三といっしょにフィリピンに渡ったことのある今日出海の説で、里村欣三の行為を「彼は只ペンを執る従軍ではなく、戦場を禊の場、灌頂の道場と心得て、出来るだけ激しい戦闘、苦しい戦場へと志願した。[29]」というふうに解釈し、日本軍国主義戦争のために害されたアジア諸国の人々のことをまったく念頭におかずに、ただ里村欣三という一人の人間に限って戦争の意味を考え、里村欣三のために弁護していた。

同じように、里村欣三の従軍を、いろいろな角度から弁護した日本人作家や学者はじつに多い。「次々に戦争ものを書かされることを断りきれず、最後にはほとんど自殺に近い形でフィリピンに行かざるをえなかったのもすべて氏のこの人の良さと弱さのためではなかったのだろうか。」[30]とか、「唯、彼の転向の角目には、一身上の便宜や処世術が相当影響していたが、あとでは彼は自分の心理の暗示にひっかかって便宜を信念にかえている。」[31]など、人の良さで軍部の要求を断りきれないとか、心理的暗示にひっかかったとか、いいようは本当にさまざまである。

また、里村欣三がその戦争責任で戦後批判されたのに不満を表明している日本人学者もいる。「戦後この国の文学者たちは、作家の戦争責任を里村一人に背負わせ、自身はもともと戦争に反対であったかのような自己宣伝を行った。なかでも、ある評論家は『あわれをとどめたのは里村欣三』だと、憎悪と軽蔑を露骨に示して彼を非難した。」[32]とあるように、里村欣三を守る意図が赤裸々に示されたのである。

日本人学者が以上のように弁護弁解に傾くのに対して、中国人学者はまったく逆で、戦時中における日本文学者の便乗主義を辛く批判した人が多い。

早く一九三〇年代から、日本留学も長く、里村欣三と上海で会っていっしょにお酒も飲んでいた郁達夫は「日本の文人は本当に中国の娼婦にも及ばないものだ。」[33]と、日本文学者の戦争支持を罵倒していた。

近年来中国では日本文学者の戦争文学に対する批判の気運がますます高まり、あくまでもその戦争責任を追及すべきだという主張が増える一方ではあるが、しかし、その中で、左翼日本作家の「転向」を、もっぱら中国人の立場からではなく、もうすこし角度を変えて文学自体から見てみようという主張もわずかながらも中国では見られる。たとえば、李俄憲は「左翼転向作家の戦争文学作品について、中日両国の研究者の評価がさまざまで、『中国侵略文学』『文学戦犯』と批判したのもあるが、しかし角度を変えて、左翼作家であることを考え、文学本体と時空を超越するテクストの独立性から把握すれば、これらの作品は創作意図や時代の制限および戦争当時の社会影響から見れば、たしかに中国侵略文学の範囲に属するが、左翼作家が若い時に覚えたマルクス主義の階級意識と平民意識を考えに入れ、また作品全体の漠然とした反戦意識を分析すれば、冷静な読者なら考え直す契機を見出せるかもしれない[34]。」と述べ、左翼作家の転向後の作品をもっと文学本体から見て、その中の反戦意識や平民意識を見出すべきだと婉曲的に主張した。

もしこのような角度から見れば、里村欣三の『第二の人生』などにも反戦意識はあまり読み取れないが、平民意識ならたしかに存在しているともいえよう。戦時中における里村欣三の従軍作家としての活躍と軍部御用作家としての文学活動をあくまでも批判すべきだと思うが、一方、その中に含められた里村欣三という人間、プロレタリア作家から従軍作家に転じた彼自身の心理的要因と、彼が身を置いていた時代とその時代特有なイデオロギーをもっと考慮に入れれば、時代と国家に逆らえなかった一人の弱くて無力でかわいそうな日本人を、その中から見出せるかもしれない。

（1）里村欣三の閲歴に謎が多い。里村欣三の中国体験について、本文は詳細な資料の考証に基づく大家眞吾の著書『里村欣三の旗――プロレタリア作家はなぜ戦場で死んだのか』論創社、二〇一一年を根拠とする。
（2）大家眞吾：『里村欣三の旗――プロレタリア作家はなぜ戦場で死んだのか』論創社、二〇一一年。以下同作の引用は出典と頁を表示しないことにする。
（3）里村欣三：「放浪病者の手記」『中央公論』一九二八年五月。以下同作の引用は出典と頁を表示しないことにする。
（4）あんこの入っていない饅頭。
（5）里村欣三：「苦力頭の表情」『日本プロレタリア文学10（「文芸戦線作家集」1）』新日本出版社、一九八五年。以下同作の引用は出典と頁を表示しないことにする。
（6）祖父江昭二：『近代日本文学への射程――その視角と基盤と』未来社、一九九八年。
（7）李弘慧：対侵略战争的诅咒――评里村欣三及其小说《旅顺》《日本研究》一九九三年四月。
（8）里村欣三：「苦力監督の手記」『文学評論』一九三五年七月。以下同作の引用は出典と頁を表示しないことにする。

(9) 道ばたで衣類のほころびを繕って生計を立てている女性。

(10) 一九二六年から一九二七年に渡って蒋介石政権がリードした民主主義革命運動で、目的は北方の封建的軍閥を掃滅することである。

(11) 里村欣三:「疥癬」『里村欣三著作集　第10巻（短編創作集）』大空社、一九九七年。以下同作の引用は出典と頁を表示しないことにする。

(12) 里村欣三が二回目に上海へ行くのは一九二七年の六月と思われるが、この上海行についての記事「青天白日の国へ」では、政府の目を盗むため、日付は四月とされている。

(13) 里村欣三・小牧近江:「青天白日の国へ」『文芸戦線』一九二七年六月。以下同作の引用は出典と頁を表示しないことにする。

(14) 中国では共産党を党旗の赤い色によって「紅」と象徴的に称するのに対し、国民党をその党旗の色で「白」と称する。「白色恐怖」は中国語で、国民党が共産党を排斥し、共産党員を逮捕したり殺したりするクーデターのことを指していう語。

(15) 里村欣三:「動乱」『文芸戦線』一九二八年三月。以下同作の引用は出典と頁を表示しないことにする。

(16) 原文は伏字になっている。

(17) 横光利一:「上海」『現代日本文学大系51（横光利一　伊藤整集）』筑摩書房、一九七〇年。以下同作の引用は出典と頁を表示しないことにする。

(18) 澤正宏:「里村欣三の文学――徴兵忌避をしたプロレタリア作家から一兵卒への道」『言文』二〇〇五年（通号53）。以下同作の引用は出典と頁を表示しないことにする。

(19) 里村欣三:「兵乱（4）」『文芸戦線』一九三〇年四月。以下同作の引用は出典と頁を表示しないことにする。

(20) 里村欣三：「戦乱の満洲から」『昭和戦争文学全集Ⅰ　戦火満洲に挙がる』集英社、一九六四年。以下同作の引用は出典と頁を表示しないことにする。
(21) 朴婕：〝満洲〟铁路叙述与日本帝国神话《外国文学评论》二〇一七年八月。
(22) 里村欣三：「閣下」『里村欣三著作集　第10巻（短編創作集）』大空社、一九九七年。
(23) 里村欣三：『第二の人生　第一部　津浦戦線』河出書房、一九四〇年。以下同作の引用は出典と頁を表示しないことにする。
(24) 綾目広治：「里村欣三論——弱者への眼差し」『里村欣三の眼差し』吉備人出版、二〇一三年。
(25) 里村欣三：『徐州戦』河出書房、一九四一年。以下同作の引用は出典と頁を表示しないことにする。
(26) 浦西和彦：「里村欣三の『第二の人生』（読む）」『日本文学』一九八〇年一二月。
(27) 里村欣三：「大陸の怒り」『里村欣三著作集　第12巻（戦記・エッセー集）』大空社、一九九七年。以下同作の引用は出典と頁を表示しないことにする。
(28) 王升远：对〝明治一代〟的追责与〝大正一代〟的诉求——《近代文学》同人战争责任追究的细节考辩《外国文学评论》二〇一八年八月。
(29) 今日出海：「同行二人——故里村欣三君のこと」『里村欣三の眼差し』吉備人出版、二〇一三年。
(30) 堺誠一郎：「或る左翼作家の生涯——脱走兵の伝説をもつ里村欣三」『思想の科学』一九七八年七月。
(31) 平林たい子：「二人の里村欣三」『自伝的交友録・実感的作家論』文藝春秋新社、一九六〇年。
(32) 高崎隆治：『従軍作家里村欣三の謎』梨の木舎、一九八九年。
(33) 郁达夫：日本的娼妇与文士《郁达夫散文集》万卷出版公司、二〇一四年。
(34) 李俄宪：二战时期日本左翼作家文学转向问题研究《外国文学研究》二〇一二年一二月。

第三章　黒島伝治と中国

黒島伝治（一八九八—一九四三）の作品は最初李芒という中国で有名な日本文学研究者により中国語に翻訳された。その後、李光貞なども黒島伝治の作品を中国語に訳したことがあって、前後合わせて中国で五回翻訳出版された。

一回目は一九六二年の『黒島伝治短編小説選集』で、「雪のシベリア」「電報」「二銭銅貨」「脚の傷」「盂蘭盆前後」「豚群」「氾濫」「浮動する地価」の八篇が収められていた。

二回目は中国語訳文と日本語原文を同時に載せた一九七九年の『日中対照：二銭銅貨』で、「二銭銅貨」「電報」「豚群」の三篇が入ったものである。これは当時参考資料が少ないのに困っていた中国の日本語学習者の日本語読解教材に使われたのである。

三回目は一九八一年の『黒島伝治短編小説集』であった。当時は中国の文化大革命が終わってから五年後、改革開放が始まった時期で、外国の文学が多く中国に翻訳紹介された時代だった。たとえば、有名な国学者豊子愷による新中国成立後初の『源氏物語』の中国語訳本が出版されたのは一九八〇年一二月で、ほぼ同じ時期であった。訳者はやはり李芒で、出版は翻訳の作品を最も多く出版した上海訳文出版社である。今回は「電報」「二銭銅貨」「豚群」「雪のシベリア」「渦巻ける烏の群」「パルチザン・ウォルコフ」「浮動する地価」など一七篇の黒島伝治の短編小説が入っていた。翻訳者李芒が書いたまえがきにおいて黒島伝治は「農民作家」と「反戦作家」として紹介され、「黒島伝治は日本プロレタリア文学運動において素朴で着実なすぐれた革命作家である。[1]」と述べられた。

四回目は一九八六年の『葉山嘉樹・黒島伝治小説選集』で、訳者はやはり李芒で、一九八一年の『黒島伝治短編小説集』に入った一七篇の中の九篇が収められた。

五回目は二〇一五年で、黒島伝治の唯一の長編小説『武装せる市街』が翻訳されたのである。今回の翻訳者は山東省済南市出身の有名な日本文学研究者李光貞で、出版は山東人民出版社であった。翻訳者も出版社も『武装せる市街』の舞台である済南市と縁が深い。その「訳本の序」において、李光貞は「この小説は強い思想性を持つばかりでなく、芸術表現の面においてもたいへん魅力ある作品である。[2]」と紹介した。黒島伝治の作品の中国語訳本が今でもずいぶん読まれているのは、一九二七年から一九二九年までの田中義一政府の三回に渡る山東出兵に取材し、日本人兵士の反戦と中国人労働者の革命の動きを躍動的に取り上げた『武装せる市街』の影響が大きかったのが重要な原因だと思われる。

訳本だけではなく、黒島伝治についての先行研究も中国にはいくつかあった。たとえば、王向遠は「七七事変直前の日本の対中国侵略文学」という論文において、黒島伝治の『武装せる市街』を「反戦文学」としてあげ、「黒島伝治はプロレタリア作家として、日本の軍国主義者や右翼作家とまったく違う立場から『済南事件』を描写した。[3]」と指摘した。

また、『武装せる市街』の中国語訳者の李光貞は「中日両国における黒島伝治の反戦文学についての研究」という論文の中で、「黒島伝治が亡くなってからすでに六四年経ったが、今日中日両国の文学界の黒島伝治文学についての評価はますます高まる一方である。黒島文学における高い技巧と巧みな構成は注目すべきものである。彼の、正義の立場に立って、直接日本の侵略戦争の性質を暴露した反戦精神はまさに高く評価すべきものである。(4)」と述べた。

このように、黒島伝治はプロレタリア作家の中で、葉山嘉樹や小林多喜二に次いで中国で最も広く知られて、また最も多く読まれた一人である。

第一節　黒島伝治の中国取材旅行と「中国もの」

中国に接する前に、黒島伝治はまずシベリアに行った。一九二〇年四月、黒島伝治は徴兵検査で甲種合格となり、当年の一二月姫路歩兵第十連隊第十中隊第四班に衛生兵として入営した。翌一九二一年の五月一日に田中義一内閣のシベリア増兵の命令でシベリアに派遣され、一九二二年四月二三日に肺病で帰国するまで、ほぼ一年間シベリアに滞在していた。このシベリア体験は黒島伝治の反戦文学の原型を成り立たせ、直感的で素朴な厭戦と反戦、厭軍と反軍の意識を形成させたのである。黒島伝治はこの入営とシベリア滞在の体験を『軍隊日記』にまとめ上げた。その中で、彼は「寂寞と、悲哀とから、荒寞とした処へ出た。あまりに遠すぎる。広すぎる。一年、二年。その間にどうなることやら！　心がどう向うか計り知ることは出来ない。おお！　神よ！　神よ！　助け玉えよ！　われを導きたまえよ！(5)」と、遠い雪のシベリアにおける抑圧された軍隊生活から一日でも早く脱出したい気持ちを強く表していた。鹿野政直は「黒島の軍隊日記は、抑圧の構造についての証言ばかりでなく、おのずからにして、そのなかでの自由のためのたたかいの記録である。(6)」と指摘した。

『軍隊日記』以外に、この入営とシベリア体験に関して、黒島伝治は数篇の短編小説を書いた。一九二五年から一九二九年まで、「結核病室」（原題「隔離室」）、「リャーリャとマルーシャ」、「雪のシベリア」、「橇」、「渦巻ける烏の群」、「穴」、「脚の傷」、「パルチザン・ウォルコフ」、「氷河」などが発表された。これらの短編小説の中で、黒島伝治は軍隊内部における将校と兵士の対立を暴露し、日本のシベリア出兵の無意味さを訴え、日本人兵士とシベリアの民衆およびパルチザンとの連帯感を描いて、のちの反戦意識の基礎である厭戦と厭軍の情緒を表した。また、この間に、「戦争について」という短いエッセイもあった。黒島伝治はその中で、「吾々が誰れかの手先に使われて、馬鹿をみていることはよく分かっている。」[7]と述べ、この「誰れか」は無意味な戦争を発動したブルジョアジーの代弁者である日本帝国主義政府を指している。それから、「兵卒は、誰れの手先に使われているか、何故こんな馬鹿馬鹿しいことをしなければならないか、そんなことは、思い出す余裕なしに遮二無二に、相手を突き殺したり殺されたりするのだ。彼等は殺気立ち、無鉄砲になり、無い力まで出して、自分たちに勝味が出来ると、相手をやっつけてしまわねばならない。」と、戦場における兵士の愚かさを皮肉って、戦争を「犬喧嘩」だといい、兵士を喧嘩する犬にたとえ、また日本帝国政府の手先である「誰れか」を犬喧嘩の見物人にたとえて、鋭く戦争の本質を突きとめていた。

シベリア体験は黒島伝治の反戦文学の源泉であった。

一九二七年五月から一九二九年五月まで、田中義一内閣は三度に渡って、中国の山東省に出兵した。一九二八年五月、日本軍は、中国の蒋介石国民政府軍が済南から撤退したのに乗じて、済南を総攻撃し、中国軍民約五〇〇〇人を殺傷したばかりでなく、済南の市街をほとんど破壊した。「済南事件」という。シベリア体験を経てすでに反戦小説をたくさん創作していた黒島伝治はこの事件に強い関心を寄せて、一九二九年五月号の『文芸戦線』に「題を××にした小説」という奇妙な題名を持つ短編を発表し、済南事件における日本軍隊の残虐な殺戮と中国人の無抵抗な態度を描き、済南での日本軍隊の行動は侵略戦争そのものであると指摘した。この作品はのちに「済南」と改題され、一九三〇年三月天人社から出版された黒島伝治の短編作品集『パルチザン・ウォルコフ』と、一九三〇年六月同じく天人社から出版された作品集『雪のシベリア』に収められた。これは黒島伝治のいわゆる「中国もの」の起点である。

さらに、一九二九年七月、黒島伝治は『プロレタリア芸術教程』第一輯に「反戦文学論」を書き下ろした。「反戦文学論」において、黒島伝治は反戦文学の階級性、プロレタリアと戦争、反戦文学の恒常性という三つの章立てで、自分の反戦思想を全面的に論述した。その中で、黒島伝治はレーニンの話を引用して、「だから帝国主義戦争は、掠奪者と掠奪者の戦争であり、泥棒と泥棒の喧嘩である。その泥棒に隷属している『植民地の住民は牛か馬のように扱われる。彼等は、種々様々な方法によって搾取される。資本輸出、租借、商品販売の場合の欺瞞、支配的国民の下に隷従させらるること等によって。』[8]」と、帝国主義戦争の本質を暴き、中国をはじめとする植民地における帝国主義の残虐な植民地支配を批判した。ここの「植民地」は中国のことを指していると考えられる。山下嘉男は「黒島伝治の『反戦文学』に貫かれている赤い糸は反軍国主義的な告発の精神である。[9]」と指摘した。

「反戦文学論」の反軍国主義、反帝国主義の考え方はのちの黒島伝治の「中国もの」に大きく影響を及ぼした。

この間、黒島伝治は済南事件を主題とする長編を計画していた。そして、一九二九年一〇月下旬、この長編の取材のために中国旅行に出かけた。「奉天市街を歩く」「支那見聞記」などの旅行記から推し測れば、黒島伝治は門司港から出発し、まず山東省の済南市にたどり着き、済南にしばらく滞在して、またそこから北上して、天津と満洲の奉天、ハルビンを回って、最後に朝鮮経由で帰国したと考えられる。済南にいたとき、中国語のよくわかる島田という人に案内されて、ずいぶん詳しく済南の街の様子と済南事件の経緯を調べたと推測される。

「支那見聞記」の中で日本軍に破壊された済南の城壁の北側にある濼源門に反日宣伝の言葉が書かれていたのを見たことが記された。「写真には、あまりはっきり出ていないが、大きな字で、『誓ってこの恥を雪ぐ』『汝はこれを見よ！』『汝はこれを覚えて置け！』というような意味の文句が門の左右と上に掲げられている。[10]」と書いてあった。また、奉天で中国人俘虜が捕まったのを見たり、中国人の惨殺死体を見たりして、戦争の残酷さと戦争が中国の人びとにもたらした災難を改めて意識させられたのである。

太田進によれば、一九二九年一二月、黒島伝治が『文学時代』という雑誌のアンケート「来年何をするか」に、「『済南のことを書きたいと思っています。そのために、済南の方に行って、今天津を経て奉天に来ています。済南事件はいろいろなものを含んでいますので、相当長くなると思います。それを書き上げるのに全力を注ぎたいと思っています。[11]』」と書いたという。その計画のとおり、翌一九三〇年いっぱい、黒島伝治は済南事件を取り扱う長編小説『武装せる市街』に全力を注いだと思われ、一一月に日本評論社からこの大長編を出版したのである。これは伏字だらけの非常に不完全なものであったにもかかわらず、すぐ発禁となり、終戦までずっと陽の目を見ることができなかった。「さらに終戦直後出版を企画されながら占領政策に違反するという理由でGHQの不許可となり再度陽の目を見る機会を失した。[12]」という事情があった。完全な形で出版されたのは占領時代が終わったあとの一九五三年だった。その後、この小説は『黒島伝治全集』に収められたのである。

『武装せる市街』が出版されたあと、黒島伝治はさらに一連の「中国もの」を書いた。『改造』一九三〇年一二月号に「兵匪」、『戦旗』一九三一年二月号に「国境」、『文学時代』一九三一年八月号に「北方の鉄路」、『文学新聞』一九三一年一一月一〇日号に「防備隊」、『文学新聞』一九三二年一月五日号に「チチハルまで」、『プロレタリア文学』一九三二年五月号に「前哨」をぞれぞれ発表した。いずれも短編である。中でも、「日中戦争のさなか、延安における日本人捕虜の学校（野坂参三指導）の開校式に『前哨』を舞台にかけ好評だった。」[13]とあったように、「前哨」という中国で舞台化されて大きな影響を持った作品もあったのである。しかし、この「前哨」は宮本顕治の「プロレタリア文学における立ち遅れと退却の克服へ」という文章の中で立ち遅れの反戦文学として猛烈に批判されていた。[14]もともと病身の黒島伝治はこのことで大きなショックを受けた。ちょうどプロレタリア文学の退潮もあって、それ以降郷里に戻り、文壇から遠ざかっていった。ずっと一九四三年一〇月小豆島の自宅で死ぬまで、黒島伝治は念願の文壇復帰を実現できなかった。

第二節　『済南』における中国人像

『済南』は一つのまとまった作品とはいえないように散らばった内容を持っている。舞台は済南で、いくつかの出来事が描かれていた。まず、日本兵が中国に派遣された時、宣伝ビラを受け取った。「眼がくらんでフラフラになった兵士は、受取ると、それをそのままポケットにつっこんで宿舎へ帰って行った。」[15]ビラの内容はこの冒頭の場面では明示されなかった。その後、ある中国語のわかる中尉がスパイとして中国への潜入を命じられた話が続いた。さらに、女郎とほかの中国民衆が日本兵に殺された話、屍体の間で銭や時計を探す中国人が日本兵に銃殺された話、日本兵が病院に乱入して無辜の病人を銃殺した話、日本兵が中国人が開いた商店を掠奪する話と、最後にビラを読んで反戦意識に目覚めた兵士が上官に銃殺された話が続いている。表面から見れば、いくつかの短編に分けたほうがよさそうな作品ではあるが、日本兵が無辜な中国民衆を惨殺することを批判し、宣伝ビラで日本人兵士の反戦意識が目覚めることを指摘して、反戦というテーマでばらばらの内容が統一されるのである。

作品全体は日本人視点に立つもので、その中の中国人像は明治と大正年代の日本人作家のいわゆるアジア内部のオリエンタリズムの視点を超えることはなかった。黒島伝治は依然として、中国人を他者と見なし、蔑視と敵視に満ちた視線で彼らを描いた。ただ、違うのは、ビラの内容による影響があって、日本兵も労働者か農民の出身で、中国の一般民衆とまったく同じであるという階級的連帯意識があるため、そこから反戦意識が生じたことであった。

女郎とほかの中国民衆が日本兵に殺された話の中に、外人梅毒にかかって、鼻が落ちそうになった女郎の話が登場した。「そこにはおもに、外人梅毒で、声が嗄れ、鼻がこけ落ちかけている、キタない女ばかりが集まっていた。はじめて内地から来た者なら、一目でヘドを吐きそうな面をしている。永年、支那をさすらい歩いた無頼の薬売りも集っていた。薬売りには、そのキタない女が美しく見えるのだった。鼻が陥没しかけているフヤフヤいう女にも魅力はあった。」この汚い女郎を見る目は日本の内地から来たばかりの兵士の目と、永年中国にいてその汚さに慣れきった薬売りの日本人の目に分けられていた。兵士たちは一目で見て嘔吐しそうになる。これこそ日本人にあるべき正常な感覚ではあるが、それに対して、その女たちを美しく見る薬売りの目はもう中国的になってしまったものである。ここには正常な日本人の感覚と長く中国にいて中国的になった非常の感覚とがはっきりと区別をつけられている。作者黒島伝治が完全に日本人の視点に立つことが読み取れる。黒島はここでほかのいわゆる芸術派の日本人作家と同じように、中国を日本に劣る植民地と見なし、中国人を蔑視していることがわかろう。

この女郎たちは最後に日本兵に銃殺された。「彼女等は、それを感じると同時に、ヒョロヒョロとして、そこに倒されてしまった。」この女たちは登場してから死ぬまで一言も発することがなかった。それは完全に対象化された無言な他者として作品に登場し、唯一の役割は戦争の残酷さを物語ることであった。

女郎たちはこのように無残に殺されたが、彼女たちの主である金持ちの女将と商人たちはちゃんと守備隊に守られて無事だった。「翌日見ると、毛布や着物道具を持ち逃げようとあせった金持ちの女将等が生きて居った。それらは背広を着て人種が一枚上であるようにえらばっている太っちょの商人等と一緒に守備隊に護衛されていた。そして殺されたのは、肉体を売って稼いでいる貧乏なやつばかりだった。」一口に中国人といっても女郎のように肉体を売って稼いでいる貧乏人もあれば、女将や商人のような守備隊に守られた金持ちもあり、ちゃんと階級性を持っていた。

中国人に貧乏人と金持ちの階級性があるばかりでなく、日本軍隊内部にも階級性があるのである。ビラの内容を読んだ日本兵たちは「×××やられて×されるのは、百姓か働き人だけだ。やつら資本家は、××によって儲けるのだ。儲けるために××をやろうとしているのだ。」と考えていた。脱字が多いが、資本家が戦争をして儲けて、しかし一般の民衆は戦争で殺されたりしてばかりいたということを言おうとしていることはちゃんと読み取れよう。同じ百姓か働き人の出身の兵士がなぜ自分たちがこのように中国の百姓と働き人を殺さなければならないのか、わからなくなってしまうということを通して、黒島伝治は素朴な反戦意識を表したのである。

日本の軍部は中国人が残酷だという嘘をついて兵士たちを騙《だま》し、兵士の敵愾心を唆《そそのか》して「支那人への憎悪に火をつけた」が、しかし文中に出てきた木谷のような先覚者は戦争の本質を見抜いて「俺たちは、××、××の戦争に何十万という俺達の兄弟を×して勝利を得た。しかし、それで俺たちの暮らしがちっとでも楽になったか！」と反省し、この戦争の意義に深い懐疑を示した。この段落こそ、『済南』という作品の一つの眼目であり、のちの『武装せる市街』の反戦の主題につながっていく内容である。

しかし、反戦の主題を持っているにもかかわらず、黒島伝治が『済南』で描いた中国人は主にあの女郎たちのような、無言な他者と、金銭欲ばかりが強い卑しい植民地の人間と、殺されても無抵抗な沈黙者であった。

「屍と同じように汚れた、キタない支那人が傷だらけの屍の間にしゃがんでごそごそ動いているのが目についた。屍体のボタンをはずして何かさがしていた。」と、金銭欲に駆られて、死体の間でお金になりそうなものを探す中国人が登場した。かつて芥川龍之介の「羅生門」にも死人の髪を抜いた老婆があった。それは、このお金や時計などを死体の間に探す「支那人」と同じ意趣を持っている。戦乱の世を生き抜くために人間は通常の道徳や感覚を失って、極限状態に陥り、普段絶対やらないことをやってしまう。これは人間性というものであろう。

しかし、日本兵がこのいやらしいことをしていても、じつはまったく他人に無害な「支那人」を殺した。「こっちで発射の音がひびくと、支那人は、何か叫んで高く宙にとび上がった。そしてそれから屍の間へ力がぬけた平たい落ち方をした。」通常の道徳や感覚を失ったのは「支那人」ばかりではなく、日本兵も同じである。戦争という極限状況は彼らの残虐性を丸出しにしてしまって、彼らの良心を麻痺させ、彼らを殺人機械に改造したのである。

そのうえ、兵士たちは病院にも入った。日本兵が乱入した病院にはたくさんの患者がいた。貧乏人はよほどのひどい病気でない限り病院に入らない。「支那人は、そいつが生れかわって来ることを信じて楽天的になった。」とあるように、中国の貧乏人は自分で自分を騙して、来世を信じることでこの世の苦痛を凌ごうとした。この心理は中国語で「阿Q精神」と呼ばれているが、それは魯迅の有名な作品「阿Q正伝」の主人公阿Qの、想像によって現実の苦痛を忘れて自分で自分を慰めるという、いわゆる「心理勝利法」を指していう言葉である。黒島伝治が魯迅を読んだ証拠はないが、ここの描写はたいへん魯迅に似ている。そればかりでなく、『武装せる市街』において死刑に処された人の血を饅頭につけて食べて病気を治すという魯迅に描かれたことのある中国の古い習慣に触れた記述もあった。

貧乏人とは逆に、お金持ちが住む特別室に、「道楽半分に入院している金持ちの奴等があった。」黒島伝治はここではやはり中国人の階級性を書いていた。しかし、貧乏人でもお金持ちでも今回は日本兵に皆殺しにされたのである。「どの患者も、どの患者も、わめいてはそこに××××てしまった。」山東出兵で日本軍が済南でどれほどひどいことをやったかを、黒島伝治はこの場面を通して目の前に見るように描き、日本帝国主義政府の悪行を批判したのである。しかし、同時に、ばたばた殺されてもわめくだけで反抗を全然知らない中国人は、ただ戦争の被害者と無力な他者として描かれただけであった。

中国人についての描写の不十分さから見れば、『済南』を創作した時点で、黒島伝治はまだ国境を越えた階級的な視点を獲得していなかったといえよう。

それにしても、小説の最後において、ビラの宣伝に影響された兵士たちはこの戦争の無意味さに目覚め、軍隊の内部で反戦意識が生じるようになった。下級兵士は「『誰が好んで貧乏人を××にやって来たりするもんか』とつぶやくように言った。『馬鹿にしてやがら！』」と憤慨し、中国の下層民衆に同情を寄せたのである。そのため、最も早く反戦意識に目覚めた安川という兵士は軍曹の命令で殺された。ただし、彼を殺した軍曹も、「『阿呆めが、馬鹿正直な奴だ！』」と呟いて、安川のいったことを密かに認めている。「ポケットにビラとパンフレットをしのばしていた者も、何十人かそこで倒されてしまった。」が、反戦意識を持つ兵卒が「あとから」「あとから」「あとから」出てくる。兵士の反戦は失敗に終わったが、「あとから」という言葉からもわかるように、反戦の火の種はこれからも尽きないようにどんどん広がっていくのであろう。

『済南』は長編『武装せる市街』の草稿と見てもよかろう。内容は散漫で文学作品としてあまりおもしろくはないが、『武装せる市街』に含まれたほとんどすべての要素が『済南』に見られるのである。たとえば、中国人内部と日本軍隊内部の階級性、戦争という極限状況における人間性の失調、戦争の残酷さと無意味さ、下級兵士の反戦意識などすべてこの作品に見られ始めていた。そのうえ、中国人に対する描写の不十分さも『武装せる市街』とよく似ているのである。

第三節　『武装せる市街』における中国人像

一　成立とあらすじ

黒島伝治が『武装せる市街』の創作に当たって、まず前述の中国への取材旅行があった。この取材旅行で黒島伝治は身をもって兵士になって済南事件を経験したのではなく、済南事件の戦争の煙がまだ濃く残っていた済南の街を歩いて、資料を調べて、済南事件を構想で復元したのである。中薗英助が「ここで彼は、自分の生得のもの（農民もの）をすて、体験（シベリアもの）をはなれて、新しく調べて書くというやり方を採用したのである。」と述べたが、これは明らかに青野季吉の論文「調べた芸術」から影響を受けたものと考えられる。

生得的なものと体験的なものを捨象したことは、二つの面からこの作品に大きく影響したと思われる。いい面からいえば、調べて得た材料によって書かれたこの作品は個人的で情緒的な面を超えて、もっと大局的で理論的な思想性を備えた。いわば、黒島伝治は田中義一内閣の山東出兵を、個人的な体験からではなく、プロレタリアートとブルジョアジーの対立から鳥瞰的にとらえる観察眼を獲得したのである。そのため、『武装せる市街』はそれまでの黒島伝治のどの作品よりも反戦反軍の思想を深くかつ鮮明に表すことができた。しかし、悪い面からいえば、いったん実体験を離れて調べた材料で観念的に作品を構想する段階となると、黒島伝治の強烈な感情と綿密な観察力が失われてしまい、作品はたいへん抽象的で観念的なものになってしまう。そこには文学に欠かせない十分な形象化が見られなくなってしまったのである。そのうえ、自分の体験にもとづく短編ばかりを書いてきた黒島伝治は、横溢せんばかりの豊富な材料をどのようにこの観念的な大長編に盛り込めばいいかという問題にぶつかって、いささか能力不足のきらいがあった。中薗英助が「小さく結晶化した短編で示された黒島の緊密な統制力は、ここでは、それを破って激動し奔出しようとする事件や人物のために失われていく。」と指摘したように、観念的な書き方と手に余るほどの材料の盛り込みがこの大長編をたいへん読みづらいものにしてしまったのである。

『武装せる市街』はふたりの日本人、前半部の福隆火柴公司の監督猪川幹太郎と後半部の反戦意識にいち早く目覚めた兵士高取を主な人物としているが、この二人のどちらも充分な濃密さを持つ主人公にはなっていない。小説は済南事件を中心に展開された。内容を簡単にまとめれば以下のようになる。幹太郎が監督として務めている福隆火柴公司は有毒な黄燐マッチを生産する工場で、日本人監督と中国人把頭を通して管理を行っている。そこでは七つ八つの幼年工を使ったり、工人に給料を払わなかったりして、中国の工人を虐げている。幹太郎は中国人に同情を寄せることで、何回も工場管理者の内川たちに叱られた。幹太郎自身は「快上快」という阿片の安い変種で中毒した父親を持ち、母親と二人の妹と息子の一郎といっしょに生活している。妻がすでに彼と別れて日本に帰り、妹たちは「快上快」を販売して家計を補う。その間、中津という日本人ヤクザが幹太郎の妹に目をつけるようになった。また、福隆火柴公司のほうで給料をもらえない工人たちはだんだん不穏な気配があって、中国共産党の宣伝ビラが工人の間で密かに流布されるようになった。ちょうどこの時、日本の山東出兵で、高取が属する部隊が済南に来たが、日本人居留民が希望したように彼らを護衛するのではなく、大きな工場や銀行だけを守っていたのである。戦乱に乗じて中津はとうとう決心をつけて幹太郎の妹を掠奪しようとした。しかしその妹が身を隠して見つからなかったため、中津が怒って幹太郎の家を荒らして、騒動を引き起こした。この騒動は日本政府に誇張されて、ついに済南事件を引き起こすほどの大事件となった。日本の出兵が侵略戦争であるということを見抜いた高取等は軍隊の将校に虐殺された。幹太郎も工場から首になってしまう。小説の最後に幹太郎は昔の家の近くの裏町で中国人の子供と同じ身なりをしていた一郎に出会った。一郎は中国人に助けられたのである。

『武装せる市街』は幹太郎のいる福隆火柴公司と高取のいる日本軍隊という二つの集団の中で展開され、たくさんの人物が登場し、たくさんの事件が起こった小説である。太田進はこの作品は「個々の人物の形象化をねらうのではなく、集団とそのなかの個人の動きとして捉えようとしている。」と指摘したように、作品には平たい類型化した数人の人物が登場したが、幹太郎と高取を含めていずれも充分に形象化されえなかった。その代わり、植民資本に搾取される中国人や、反戦意識に目覚めた日本兵士などは集団として面目躍如に描かれたのである。

この作品は主に日本人視点に立つものではあるが、済南を舞台とした以上、中国人もたくさん登場した。幹太郎と高取をめぐって、幹太郎一家の周りに出没する中国人、福隆火柴公司の中国の工人、および軍隊における高取の行動に伴って登場する中国の兵匪があった。それを大きく分けてみれば、兵隊、貧民、政府高官を含めた各階層の他者として描かれた中国人と、福隆火柴公司の中国の工人や把頭たちである。これらの中国人は幹太郎と高取等とかかわり合いながら登場したり退場したりして、作品の展開を推し進めていく。

二　他者として描かれた中国人

『武装せる市街』には中国の兵隊と一般の中国民衆が登場している。

まず土匪となった中国の兵隊を見てみよう。

日本政府が山東出兵する間はちょうど中国で蔣介石の南軍と張作霖の東北軍が激戦していた第二次北伐戦争の最中で、瓦解した東北軍は土匪となって山東省で百姓を殺したり市民を掠奪したりしてずいぶん乱暴をしていた。『武装せる市街』にも土匪と化した東北軍が登場し、「兵匪」として描かれたのである。

「兵士達は食に窮していた。顔と頭を黒い布で包み、大きな袋のような大褂児に身をかくしている。それは、どこでもかまわず、めちゃくちゃだった。(16)」この東北軍から化した兵匪は日本政府が宣伝したように残虐なことをやり尽くしていた。それに兵匪が済南の女学校に闖入して女学生を強姦した事件も起きた。彼らが存在しているからこそ、中津が引き起こした略奪事件で、「この日の、虐殺された邦人は、二日後に土の中から発見した九人をも合わして十四名だった。内地のブル新聞には、それが、二百八十名と報道された。」という日本政府の嘘が日本人居留民や一般の兵士に信じられるようになったのである。

張作霖の東北軍の乱暴に対して、蒋介石の南軍のほうはあまり詳しく描かれなかった。しかし、昔モスクワに留学し、共産党の思想の影響を受けたことのある蒋介石の息子の蒋経国が登場し、蒋介石政府の北伐戦争はブルジョアジーのための不正な戦争であることを指摘した。蒋経国が父親にあてた手紙の中で「あなたは上海において労働者を虐殺しました。これに対して全世界のブルジョアはむろん歓迎の辞を以てあなたを呼びかけるでしょう、帝国主義者は、数多の贈物をもたらすでしょう。しかし、プロレタリアートが一方に厳存していることを、ゆめ、忘れてはくださるな！」と書いて、北伐戦争の本質を指摘して強く批判したのである。

このように、黒島伝治は張作霖の東北軍を批判すると同時に、蒋介石の南軍もブルジョアジーの手先であることを指摘した。黒島伝治は里村欣三が「動乱」「兵乱」の両作を書いたときのように、資本家の政府である蒋介石政府の性質を明確にし、中国の革命運動の将来について深く考えてはいなかったが、それにもかかわらず、張作霖の軍隊と蒋介石の息子を代わるがわる登場させることによって、やはり北伐戦争に深い懐疑を示したのである。

それから、一般の中国民衆に対して、黒島伝治は『済南』を書いた時と同じように完全に日本人の視点に立って、彼等を蔑視し、異国の他者として描いていた。

まず、幹太郎の家の近くに出没する中国人を犬にたとえて、不気味なものとして描いた。「石を敷いた狭いゴミだらけの通りを、え体の知れない支那人が、犬のようにうさんくさく行ったり来たりする。」短い一文に「ゴミだらけ、え体の知れない、犬のように、うさんくさく」と四つもマイナスの意味の言葉を使い、中国人に対する嫌悪の情を表した。

また、『済南』にもあった死刑犯人の血のにじんだ饅頭を食べるという中国人の習慣はここではさらに詳しく描かれた。「支那では土匪が捕まると、市街をひきずりまわして、見せしめに、群集の面前で断罪に処するのが習慣となっている。斬られた頸は三つも四つも並べて路傍の電柱にぶらさげられ、晒し首にされた。」と、まず中国の残酷な刑罰を描き、それから「いくら晒し首にしたところで、彼等の悪業のむくいとしてはやり足らぬかもしなかった。だから、略奪の被害をなめた群集は、むしろ残忍な殺し方を歓喜した。」とあるように、中国人の残虐な習性を強調するように描いた。そればかりではなく、中国の婦人が死刑に処されて頭を切られた土匪の血を饅頭ににじませて食べる場面をこれでもかと詳しく描いたのである。「取りまく群衆の間からは、纏足の黒い女房がちょかちょかと走り出た。二三人も走り出た。男もまじっていた。それからはにやにや笑いながら、皮をむいた饅頭を、長い箸のさきに突きさして持っていた。士官と兵士達が去りかけた頃である。死体に近づくと、彼女達は斬られて縮小した切り口に、あわてて、その皮むきの饅頭を押しあてた。饅頭には餡が入っていなかった。それは見る見る流出する血を吸い取って、ゆでた伊勢蝦のように赤くなった。」

それを見物した中津は幹太郎にいった。「いつまでたっても支那人は、迷信のこりかたまりなんだからな。」これは、中国人の残忍と迷信の愚劣を強調するような場面である。「群集はなお笑ったり、さざめいたりしていた。彼等は、三人の人間が殺されたと感じてもいないようだった。犬か猫かが殺されたとさえ感じないようだ。幹太郎はそう感じた。それは毛虫か稲子かが頭をちぎられた位にしか感動をうけていない。」中国人に同情をする幹太郎もこのような場面を見て、中国人の残虐さを改めて意識したようである。彼はやはり植民帝国から来た傍観者の視点に立って、中国人を他者と見なしている。そこには「湖南の扇」で人血の饅頭を食べる中国美人を書く芥川龍之介のような、他者に対する好奇心こそあるが、同じく人血の饅頭を書いた魯迅のように中国人の立場から中国人の愚劣な伝統を批判し、中国人を近代的知的な人間に改造しようとする意欲は毛頭なかった。ここにはプロレタリア作家としての黒島伝治の限界性が存在しているといえないこともなかろう。

しかし、人血の饅頭を食べる中国人よりもっと残忍なのは実は日本人をはじめとする諸帝国の人間であることを、黒島伝治は忘れていなかった。

殺された土匪の一人は無実の罪を背負わされた者であった。「日本人の親方がこれの亭主に云いつけて、土匪のもとへ商売にやらしたんだ。そこを官憲に見つかって、土匪と一緒くたにされちまったんだ。自分のボーイに商売をやらしといて、捕まりゃ、もう日本人は解雇したから知らねえと云い張ってるんだ。悪えのは親方だよ。……親方が悪えんだよ！　日本人が悪えんだ！」と、土匪として捕まった一人の妻が自分の夫を雇った日本人おやじの狡猾さと残忍さを訴えている。「支那人のボーイは、主人の外国人の命令で、硬派の商品の運搬中に逮捕せられ、水にぬらした革の鞭の拷問や、でたらめな裁判で、死刑となることがどれだけあるか知れなかった。」と、見物した幹太郎は考えていたのである。黒島伝治の視点はここで一転して、人間の血がにじんだ饅頭から土匪と呼ばれて殺された者の本当の姿に迫っていく。中国人ボーイがその雇い主の外国人の代わりに処罰される真相を暴露したことを通して、黒島伝治は外国人が中国で犯した罪を指摘し、植民統治の残酷な本質を暴いたのである。土匪の斬首刑と人血饅頭の場面は作者が日本人視点に立って好奇心を持って眺めた異国の風景の一部であると同時に、中国に在留した、日本人をはじめとする外国人の罪悪を暴露したものでもあった。

それから、日本人をはじめとする外国人が販売した麻薬に害された中国人が登場する。「支那人は、誰でも、一号か、二号か、三号か、どれかがなければ、一日だって過して行けなかった。そんな習慣をつけられていた。督辨でも、土豪劣紳でも、苦力でも、乞食でも、一号、二号、三号……というのは阿片、ヘロイン、モルヒネなどの暗号だ。」このように、黒島伝治は麻薬中毒で無気力な中国人を描いた。

しかし、同時に主な人物幹太郎の父親も麻薬の販売者と中毒者である。阿片に害されたのは中国人だけではなく、それを中国に密輸入した日本人自身もその被害を受けてしまう。何と皮肉なことであろう。ただし、この幹太郎一家についての描写は作品の中でかなりの比重を占めているが、作品全体の反戦反軍の主題から離れていて、必要でない部分が多いことも見逃すべきではない。幹太郎一家をあまり詳しく描写しすぎたせいで、『武装せる市街』はある程度その主題に集中できなくなり、内容が散漫になってしまって、読みづらいものになってしまったのである。

また、「ここは、みな、郷里に居づらくなった者ばかりが来るところだ。食い詰めて頸が回らなくなったものか、前科を持っている者か、金を儲けて、もう一度村へ帰って威張りたい、俺を侮辱しやがった奴を見返してやろう！　と、発憤した者か。そして朝鮮や満洲に渡って、そこでも失敗を重ね、もっと内地とは隔たった遠い地方へ落ちねばならなくなった者がやって来るところだ。」とあるように、黒島伝治は済南に来た日本人がほとんどみんな日本人として恥ずかしい者ばかりであることを指摘し、日本人が中国で乱暴をし、罪を犯した原因を明かした。無論、このような日本人は日本人として失格者である。「ここでは、邦人達は、労働することと、癮者となることを、国辱と思っていた。」「労働する」のも、「癮者となる」のももともと中国人のすることだと、これらの日本人は思っていたのだろう。日本人なのに中国人と同じことをするのを「国辱とおもっていた」という考え方は、言葉を換えていえば、日本人はすぐれて、中国人は劣っていることに等しい。この恥ずかしい日本人の中に、「快上快」を販売して、自分も中毒者となった幹太郎の父親もいた。済南はこんな失格した日本人の逃げ場となったような感じである。

にもかかわらず、これらの日本人はなお自分が大日本帝国の臣民だという自意識を持って、中国人や朝鮮人を蔑視している。「落ちぶれた、日本人が、苦力達の仲間に這入って、筋肉労働を売っているとする、――そういう者も勿論あった。と、『ふむ、あいつは朝鮮人だ！』洋車の上から、唾でもはきかけぬばかりに軽蔑した。」落ちぶれた日本人が朝鮮人として見なされ、軽蔑されるという言語構造には日本人の帝国意識が見られる。同じ貧乏人なのに、日本の帝国主義植民侵略によって、日本人・中国人・朝鮮人というふうにクラスが付けられてしまったのである。

幹太郎一家とその隣近所をはじめとする日本人の登場はプロレタリアの階級意識よりも帝国主義意識のほうが深く下層の日本民衆を影響していることを物語り、ひいてはプロレタリア作家としての黒島伝治の限界性を物語っているといえよう。

三　福隆火柴公司

『武装せる市街』には済南という戦乱に陥った大きな空間と、福隆火柴公司という労資の両側が激しく対立した小さな空間が描かれた。

済南という空間において、中国人と日本人の対立と日本軍隊内部の対立があり、高取という日本人でありながら、プロレタリアの階級の立場から日本帝国主義政府を批判し、中国の労働者に同情を寄せ、彼らといっしょに反戦運動をしようとする人物が登場する。一方、福隆火柴公司という空間において、労働者と資本家の対立もあれば、日本人監督と中国の工人との対立もあり、その中に幹太郎という、資本家の手先である監督を務めながら、中国の工人に同情を寄せ、日本資本の侵入によって多大な被害を受けた中国の労働者を助けようとする人物がいる。二つの空間と、二人の中心人物を描くことによって、黒島伝治は帝国と植民地の対立と、労資の対立という二つの対立を描き、経済と軍事による日本の対中国侵略を辛く批判し、反帝国主義戦争の立場を強く表したのである。

この福隆火柴公司は中国における日本の植民地資本の象徴であり、中国人労働者と日本人資本家の労資の対立はどこよりも鮮明に表された空間である。ここにおける支配構造は日本人工場主―日本人管理者―日本人監督―中国人把頭―一般の中国の工人―買われた中国幼年工となっているが、この中で最高支配人としての工場主は登場せず、日本人管理者が日本人監督と中国人把頭を通して、中国の工人と幼年工を管理するということになっている。

福隆火柴公司の最低層にいるのは幼年工たちである。幼年工は貧乏な親によって工場に身を売られた七つか八つの子供で、場合によっては四つぐらいの子供も入っていた。彼らは中国の工人の中でも最下層の存在である。彼らは有毒の黄燐マッチを作り、体を害され、最後に工場で死んでしまうような悲惨な運命から逃れることができない。「彼等は、みな、灰黄色の、土のような顔になっていた。燐寸の自然発火と、外函の両側に膠着された硝子粉のため、焼き爛らした指頭には、黒い垢じみた繃帯を巻いていた。」幼年工の使用は帝国主義資本による海外植民地における残虐な搾取の極端な一例である。中国で治外法権を持つ日本工場は中国の法律にも日本の法律にも管理されることなく、堂々と子供たちを働かせ、死なせた。黒島伝治はおそらく取材旅行で済南における日本工場の実態を知ったのであろう。彼は幼年工を登場させ、資本主義の極点である帝国主義の罪悪を訴え、反抗しない限り、労働者、特に植民地の労働者には生きて行く道がないことを強く指摘したのである。

山口守圀はその著書『プロレタリア文学運動と黒島伝治』において湯地朝雄の言葉を次のように引用して、福隆火柴公司における日本資本の植民地支配についての描写を高く評価した。「『日本資本主義の中国に対する帝国主義的進出と、中国人民に対する植民地的支配・非人道的搾取の実態を具体的に語り、暴露している点で、まず評価するべき作品である。それらをこのようにドキュメンタルに描き出している作品は、プロレタリア文学の中にも私の知る限りほかにはない。』」[17] まさにそのとおりで、日本文学の中で、黒島伝治の『武装せる市街』のように、幼年工の使用を克明に描き、中国に建てられた日本工場の内部の残酷さを暴露する作品はほかにないと思われる。日本の植民地資本の罪悪を暴露する点だけをとっても、『武装せる市街』の価値が認められるべきである。

身を売られた幼年工よりいささかましではあるが、成年の中国人労働者も苦しい生活をしている。最初の時、中国人労働者は我慢できる限り我慢していた。「骨が折れること、汚いこと、燐の毒を受けることはすべて彼らがやった。日本人はピストルを持って見張っているだけだ。」ここでいう「日本人」は日本人監督のことで、労働者と対立した資本家の手先のことである。彼らは中国人の把頭を雇って、工人を残酷に圧迫した。しかし、工人たちは反抗もせず、従順に彼らの命令に従った。「幹太郎は王の眼から、眉間を打たれた瞬間の屠殺される去勢牛のように、人のいい、無抵抗なものを感じた。それは無抵抗なままに、俺れゃどうして殺されるんだ！　俺れゃ殺される覚えはない！　というように無心に訴えていた。」とあるように、工人たちは反抗の気力を完全に失った去勢牛のように従順であるにもかかわらず、黄燐の毒に害された体を長持ちさせることはできなかった。幹太郎の目から見れば、中国の工人の従順は解せないものである。もうこうなった以上、どうして反抗をしないのかと訝ってしまう。

ここでは中国の工人はまだ階級意識に目覚めさえしなかった無知の人として描かれた。しかも黒島伝治は彼らの内部に潜る視点に立つのではなく、日本人管理者と幹太郎という二つの日本人視点から彼らの両面性を描いていた。

日本人管理者から見れば、中国の工人は金銭欲の強い欲張りで、従順に働くような馬鹿であった。「彼には支那人ほど、根気強く、辛抱強い奴はないと見えた。文句を云わなかった。一箇でもよけいにマッチを詰めて、ただ金を儲けたいと心がけている。」そのため、監督たちは金銭で中国の工人を操り、彼らを軽蔑していた。

もう一方、幹太郎も中国人の従順さを不思議に思い、「『内地じゃ組合が出来たり、ストライキをやったりして労働者が、そうむちゃくちゃに、ひどい条件でこき使われて黙っちゃいなくなっていますよ。』」といって、日本の労働者との対照を通して、中国人のほうをまだ反抗意識も持っていない無知無感覚な人間として批判したのである。

北伐に伴って、中国共産党の宣伝が労働者の間にだんだんと広まっていったが、それが直ちに労働者の境遇の改善につながることはなかった。不穏な気配を感じた工場主は工人を厳重に警戒し、工人の待遇をいっそう悪くした。「工人達の窮乏は次第に度を加えて来た。彼等はただ饅頭や、烤餅のかけらを食わして貰うだけだった。そして湯をのまして貰うだけだった。金一文もなかった。金がない為に、一本の煙草も吸えなかった。ぼうぼうとなった髪を刈ることが出来なかった。稼いで金を送って、家族を養うことが出来なかった。」このような窮境に陥れられても、工人たちは管理者に給料を払うことを懇願するだけで、依然として反抗を知らなかったのである。

この時に激憤したのは工人自身ではなく、日本人の幹太郎であった。「幹太郎は、凶暴なものが、一時に、胸のなかで蠢くのを感じた。でなければ、胸のなかの苦痛は慰められない。だが、彼のやろうと思うことは、あまりに、結果がはっきりと分かりすぎていた。」ここに見られるのは幹太郎の中国の工人に対する同情から生じた素朴な反抗心である。しかし、軍隊を持つ帝国主義政府に対して、個人的な、非暴力的な反抗はどうにもならないのである。それを分かりきっているからこそ、幹太郎は「狂暴なもの」、すなわち日本帝国主義の所為に対する激しい反感と、それを反抗しようとしても反抗できないという無力感を感じてしまったのである。

幹太郎は横の椅子を振り上げて、管理者の内川と小山に襲いかかったが、ついに椅子を奪われて部屋から押し出されてしまった。失敗に終わったが、しかし、幹太郎は中国の工人の代わりに日本人管理者に対する反抗をちゃんと実行したのである。中国の工人自身の従順と、日本人幹太郎の義憤と反抗との対照は、それなりに、中国人に対する日本人の先覚性と先進性を象徴している。同じプロレタリアートであっても、労働組合を組織して資本家に反抗する「内地」の日本人労働者に比べて、中国の労働者は後進的で、階級意識の目覚めにはまだまだ程遠いことを意味したのである。

しかし、この従順な中国の工人は後半部になると、大きな転換を迎えた。それは東北軍の敗退に伴って、社会が異様に動揺し、中国共産党の宣伝が蔣介石軍の北伐に伴ってだんだんと労働者の間に広まっていったのを背景にしたものだった。「社会の動揺は、無数の労働者達の行動の上にも反映した。工場労働者も――男工も、女工も、――街頭の苦力も、三四万の乞食も、監督の鞭とピストルに恐れなくなった。……工場主は、（どの工場でも）僅かに賃金不払いの戦術を持続することによって、工人達をつなぎとめていた。それが、やっとだった。工人達は怠業状態に入った。」中国共産党の宣伝の効果が現れ、工人たちは給料の不払いについに我慢できなくなったのである。

「マッチ工場の工人達は、もう怺えられるだけ怺えた。辛抱が出来る範囲以上に辛抱した。ある夕方、五人の代表者があげられた。給料の即時、全額支払を要求した。」これは全三三章ある『武装せる市街』で第一五章にあたる部分の内容であった。ここから作品に分岐点が出来上がって、中国人が忍耐で無抵抗な状態から一気に目を覚まして資本家と侵略者である日本人工場主に主動的な反抗を起こすようになったのである。

工人の目覚めは自然発生的なものであった。忍耐に忍耐を重ねて、彼らは終始自分と家族を食べさせるために働いていた。彼らはその忍耐を放棄して反抗する原因は日本人管理者が工人の不穏を恐れ、給料を払わないためであった。いわば、自分と家族が食べられなくなるから、反抗をするのだ。「支那人は、命よりも、金の方が大事なんだ。金をくれさえすりゃ、頸でもやるんだ。彼の考え方はこれだった。」と、管理者の内川や小山等は中国人はみな金銭欲に駆られた人間であると思い込んでいたから、工人の最初の反抗を重要視しなかった。中国人を金欲のかたまりだと考え、お金さえあげれば、中国人の反抗がすぐ収まるだろうと甘く考えていたのである。

しかし、中国人であろうと、日本人であろうと、プロレタリアはそんな民族的な性格を超えた階級性を持っている。この自然発生的な工人の要求は最初は無論給料の支払いだけに集中していたが、それは次第に変質したのである。「工人達は暴力によって工場を占領し、管理しようと計画していた。製品を売って、月給は、その中から取る。日本人は門から叩き出してしまう。支那人のくせに日本人をかばう巡警は叩き殺して呉れる！」給料を払わせるかわりに、工人たちが求めるのはまず工場の自治権と、日本人と日本人をかばう中国人巡警を追い出すことであった。これはもはや自然発生的な労働者運動と本質が異なって、はっきりとした目的意識を持つ政治運動の段階に達している。経済による資本支配と軍事力による植民支配という二重の重圧を押しのけて、プロレタリアートの自立を図る運動に変身したのであった。

残念なことに、中国の労働者のこのような転換を、黒島伝治は終始日本人幹太郎の視点に立って描いたばかりでなく、その幹太郎自身も一回工人に給料を払わない日本人管理者に椅子を振りかざしただけで、工人の階級闘争に全然参与しなかった。いわば参与なしの傍観者の立場から、手を拱いて中国の工人運動をそばから眺めただけである。ここには『武装せる市街』という作品の最も大きな欠点があるのではないかと思われる。中国を舞台にし、中国人をたくさん登場させたが、中国人の中に潜る内部の視点を獲得できずに、いつまでも日本人視点に立って傍観者の態度で中国人労働者の苦しみを哀れみ、中国人労働者の階級闘争を観察しただけである。それは黒島伝治自身が中国の労働者運動に参加したことがなく、取材旅行で集めた材料で中国人を描いたためであろう。こんな傍観者の視点から、真の中国像を描き上げることは最初から不可能であるといわざるをえない。

一般の工人のほかに、把頭李蘭圃についての描写も見逃すべきではない。日本人は把頭というヤクザのような中国人を雇って間接的に中国の労働者を圧迫した。「把頭李蘭圃は、平工人よりは、一日に二十三銭だけ、よけいに内川からめぐんで貰っている。それだけの理由でこの支那人は、自分が日本人であるかのように、カーキ色の軍隊が、自分の保護者となり、自分の勢力となり、自分の樫の棒に怨を持つ、不逞の奴等や、回々教徒を取りひしいで呉れるものと、一人ぎめにきめこんでいた。工人達をなだめたり、すかしたり、おどかしたりした。内川や小山のために、スパイの役目をつとめるのも彼だった。囮の役目をつとめるのも彼だった。」把頭の存在は中国人の階層性を表し、中国人労働者と、帝国主義資本の手先になった把頭の対立は、その本質において、やはり労資の対立と、植民帝国と植民地との対立にほかならない。

四　日本兵士と反戦

福隆火柴公司とは別に、日本軍隊という空間もある。これは小説の後半部の主な舞台であった。

後半部の中心人物高取の登場は済南事件直前に日本軍隊が済南に入ったときである。山東出兵は日本人居留民の請求による出兵とされていた。しかし、実際済南に入った部隊は居留民たちの住む地域に入らずに直接大きな工場や銀行のほうに向かった。黒島伝治は居留民の落胆を描いた。「おとなの居留民達は、出兵請求の決議にかけずりまわり、一つ一つ印を集め、懇願書を出して、折角やってきて貰ったなつかしい兵士が、自分達のちっぽけな家とはかけ離れた、工場や銀行の守備に赴くのを、はたして、ペテンにひっかかったように、憤ろしく、意外に感じなかっただろうか？」反軍の情緒がここに多分に混じっている。日本の軍隊なのに、普通の日本人居留民を守るものではなく、資本家の工場や銀行を守るために派遣されたのである。軍隊は結局資本家の手先にすぎなかった。しかし実際兵士になった人はいずれも労働者か農民の出身である。彼らは軍隊に入って、自分と同じ階級の労農大衆を守ることができず、大資本家に酷使されて、彼らに利益をもたらす者となってしまったのである。そこを見抜いた黒島伝治は大資本家の利益を争うために行われた帝国主義戦争を批判したのである。

それに「彼等は、到着した第一日から、支那人を殴る味を覚えてしまった。」日本平民を守らず、中国人をもいじめるこの軍隊はブルジョアジーの手先としてプロレタリアートと対立するものであった。山東出兵は居留民保護という表面的な理由があるにもかかわらず、実際山東省における日本帝国主義の植民利益を獲得するためであることは明らかである。

高取たちは日本を離れる前に、組合の人たちの撒《ま》いたビラを受け取り、それを読んで、今回の出兵の本質をよく知っていた。ビラには「しっかり、あっちの連中と手を握って来い！」と書いてあった。日本兵士と中国の工人の連合革命はここで明確に提出されたのである。

軍隊はまた植民資本に加勢したものである。表面的に見れば軍隊は労資の対立に介入しなかったにもかかわらず、軍隊の到来によって資本家の威力が強められ、工人の力が弱められた。「軍隊は、工場の寄宿舎の一と棟に泊まっただけだった。職工には、何等干渉しなかった！（中略）それにも拘らず、軍隊が到着した、その日から、工人の怠業状態は、鞭を見せられた馬のように、もとの道へ引き戻されてしまった。監督と把頭の威力は、以前に倍加した。」

このことについて、高取は戦争の本質を見抜きながら、次のように考えた。「兵士たちは、内地で、自分を搾取するブルジョアジーの利益のために、支那へ来ても、苛まれ、酷使されている。内地の職場にも、飢餓と、酷使と、搾取がある。失業地獄がある。支那へ来ても、また、同様なことがある。彼等は、労働者、農民の出身である彼等は、どんな場合のどんな瞬間に於ても、苦悩から脱却することは出来ないのだ。自分の生命を削らずに、生きて行くことは出来ないのだ。」黒島伝治はここでかつての「反戦文学論」におけるように帝国主義戦争の本質を指摘したのである。資本主義社会が続く限り、戦争が終わることがないし、プロレタリアートの苦痛も終わる日がない。資本主義社会を転覆させ、労働者自身の独立政権を建てることこそ、プロレタリアートの唯一の救い道である。

　この考え方について、黒島伝治は「入営する青年たちは何をなすべきか」という文章の中で、「吾々は、ブルジョア的平和主義者や、日和見主義者に変ることなく、吾々が階級社会に住んでいること、階級闘争と支配階級の権力の打倒との外には、それからの如何なる逃れ路もないし、またあり得ないことを忘れてはならぬ。即ち、ブルジョアジーを打倒し、収奪し、武装解除するために、プロレタリアを武装させること。[18]」と、プロレタリア兵士の任務を明確に示した。そのため、小説『武装せる市街』において、高取をはじめとする兵士たちのすべての行動は日本人と日本兵士という立場に立つものではなく、国境を越えて、ブルジョアジーと対立するプロレタリアートの立場に立つものである。それゆえ、高取らは中国の工人に同情を寄せ、彼等の権利を主張し、彼等のために日本の植民地資本に反抗しようとしたのである。

　それで、日本帝国主義政府は中国を占領しようとするが、兵士の中の先覚者はそれを読み取って政府の行動を邪魔しようとしている。消極的な抵抗と積極的な抵抗が行われた。

「しかし、俺等は、俺等として出来るだけサボって邪魔をしてやるさ。鉄砲をうてと云われたって、みんなうたねえんだな。」このような消極的な抵抗は『武装せる市街』にあるだけではなく、「シベリアもの」にもよく登場した。

また、兵士の中の先覚者が何もやらずにはいられなかった。「この現在の立場において俺等が、今すぐ、一箇師団を内地へ引き上げさし、支那から手を引かすことは、なし得ない。出来ない相談だ。しかし俺等は、俺等として仕事がある。如何に、軍隊が、俺等の目あてに反することに使われていようが、それだからと云って軍務を放棄してはいけない。俺等は、俺等が本当に生まれ出る日のために、市街戦を習っておくのだ。装甲自動車の操り方を習っておくのだ。その日のために戦うのだ。」これは高取と古い知り合いである木谷という兵士の意見である。「俺等が本当に生まれ出る日」というのは共産党政権の成立を意味していると考えられる。木谷は田中義一政府が山東に出兵する時点で、すでに社会主義革命のための戦争を考えていた。黒島伝治のこの予見は、彼が作品発表当時に驚くべき洞察力を持っていることを物語っているといえよう。

日本軍隊をめぐって二つのタイプの中国人が登場する。

一つは時以礼を代表とする片言の日本語ができて、世界情勢についてもちょっとわかった中国人である。彼らは今中国の工人が帝国主義各国の資本家に酷使され搾取されていることを知っていて、しかもそのことを日本人兵士にも伝えようとしていた。「……英吉利人、米国人、独逸人、日（云いかけたが、時以礼は口を噤んだ）……みな、支那、百姓、工人、苦しめる。私達生きる。つらい！」片言の日本語ではあるが、時以礼は兵士たちに各帝国にいじめられる中国百姓の辛さを訴えた。だんだん中国の工人ととけ合うようになった日本の兵士たちも中国百姓のそんな境遇に同情を寄せるようになった。「兵士たちは、時以礼の話に心を引かれた。そして、その周囲に集った。」

この時に、高取が登場して、「兵士と工人、これは同一運命を荷っている双生児ではないだろうか？　昼間の憔悴しい労働は、二人を共に極度の疲憊へ追いこんでいた。俺らは、この支那人の工人をいじめつけて、結局は、俺ら自身の頸をくくっているんだぞ。工人達がいじめつけられてそいつが嬉しいのは大井商事だけだ。ほかの誰でもないのだ。」と、兵士と工人の素朴な共鳴は実は階級的連帯感であると諭す。日本の兵隊が来て、工場を守るというのは、実質において大井商事のような大資本家の利益を守ることである。同時に、日本軍隊が来ることで、資本家の手先である日本人監督と把頭が頼りを得たような感じで、さらに工人をいじめる。それは高取のいったとおり、結局日中両国のプロレタリアートはお互いに「頸をくくっている」だけで、日本の兵士も中国の工人もこの山東出兵の被害者になるのである。そこまで見抜いた高取を代表とする日本兵士の先覚者たちは職務怠慢でわざと上官の命令に従わないようにしたり、戦《いくさ》のやり方を勉強してプロレタリア革命戦争のために密かに準備を整えたりして、消極的な抗戦と積極的な抗戦を同時に推し進めていった。
なお、階級的連帯感にもとづいて、日本兵は中国の工人に対する関心を深めた。兵士たちは工場で働く幼年工を見て、「仕事をしろ、仕事をしろと、親爺に叱られて育ってきた」自分の少年時代を思い出したり、工人たちが飢餓状態にあるのを見て、「俺の町の、場末の煤煙だらけの家に残っているおッ母アも、手袋を縫って、やっと、おまんまを食っている」ことを思い出したりして、だんだんと中国の工人と自分たちと境遇が似ているのに深く感じるようになっていった。

しかし、ここで注意しなければならないのは、高取らの反戦意識ははるかに中国の工人の先覚者を超えている事実である。中国の工人はまだ酷使されて給料をもらえない不満から給料支払いを要求するという自然発生的な労働者運動の初期段階にあるのに対して、高取らはすでに階級意識を充分に備え、しかも日本帝国主義戦争の本質を見抜いていたのである。たとえ無意識的なことであるにせよ、黒島伝治は中国人に対する日本人の優越感を表している。平林たい子が一九二九年の『敷設列車』において、すでに中国人労働者を主体として、中国人の主動的な階級解放運動を描写したのに、それより遅れて書かれた『武装せる市街』はまだ日本人の視点から、日本人を革命の主体にして、中国人を見下げ、対象化するのにとどまっている。

それから、時以礼以外に、于立嶺や王洪吉らが中国の工人の中の先覚者として『武装せる市街』に登場した。日本人管理者が工人の反抗を怖がっていて、彼らに給料を支払わないでいた。そして「マッチ工場の工人達は、もう怺えられるだけ怺えた。辛抱が出来る範囲以上に辛抱した。ある夕方、五人の代表者があげられた。給料の即時、全額支払を要求した。王洪吉もその代表者となった。頭のさげっぷりの悪い、ひねくれた于立嶺も代表者となった。」

この中で、于立嶺と王洪吉には個人差もあった。王のほうは老母とお産をしたばかりの妻を心配してしようがなく給料支払いを要求したのに対して、于のほうは最初から把頭や日本人監督に不服で、反抗心の強い人であった。いわば、王は自然発生的な労働者運動の代表者で、于ははっきりとした階級意識を持つ階級闘争の先行者であった。

そのため、于立嶺のほうが日本人管理者に目をつけられ、ついに酷刑に処されてしまった。黒島伝治は于立嶺がリンチされた場面を生々しく描いた。「于立嶺という、肩の怒った、皮肉な顔つきの工人が、二人の把頭の腕の下で、頸をしめられた雄鶏のように、ねじられて、片足は、しきりに空を蹴っていた。監督が、爪の裏へ針をつき刺しているんだ。」この場面を見て、まず中国の工人のほうは同じ階級の人間としての共感を覚えた。「于立嶺が、代表者の一人となって、賃金支払の要求を突きつけた、そのかたきを打たれている。彼等は、それを知っていた。同時に、于、一人に、リンチを加えるだけでなく、工人全体をも嚇かしている意味を知っていた。」しかし、日本の兵隊が武器を持って工場に駐在しているので、于がリンチされたのを見ても、ほかの工人たちは動きが取れなかった。「兵タイさえ、居なけりゃ、俺等が、みんなが立ってやるんだ！　と、心で泣いている者もあった。」中国の工人と植民地資本の手先である日本兵隊との対立構造がここで構図されたのである。

しかし、兵隊のほうは、資本家の手先に使われてはいるが、その内部で亀裂が生じつつあった。この工場を守備する中隊は日本軍隊の中でも特殊なもので、共産党の影響が強く見られるものである。「その蛋粉工場の中隊は、内地でも有名な中隊だった。日清戦争にも、日露戦争にも全滅した歴史を持っていた。毎年、二、三カ月で、現役から、おっぽりかえされるシュギ者が不思議にも、二人か三人這入って来る。」于立嶺がリンチされる場面を見て、この「特殊」な中隊の兵士のなかの「シュギ者」が憤慨して、行動せずにはいられなかった。

その先頭に立ったのは高取であった。彼はついその憤慨を直接表した。

その時、豪放な、荒っぽい兵士がとび出した。

「よしやがれ！　コン畜生！　出来そこないめ！」

兵士は、小山の病的な横ッ面を張りとばした。濡皮鞭を持った小山の骨ばかりの手は、たくましい兵士の腕で、さかさまに、ねじ曲げられた。

「俺らが来とると思って、工人をひどいめにあわしやがったくらいにゃ、承知しねえぞ！　ヒョットコ野郎奴！」

小山はあっけにとられた。

「叩き殺してくれるぞ。ヒョットコ野郎奴！」

兵士は高取だった。


これは高取を代表とする日本兵士と中国の工人の最初の連動である。高取の行動は中国の工人の、日本兵士に対する誤解を氷解した。この日本兵士と中国の工人の連帯感を支えたものは、プロレタリアートの階級意識であり、同じく搾取された人間の間の自然発生的な共鳴である。小山を代表とする資本家はこの時中国の工人の敵になったばかりでなく、労農出身の日本兵士の向こう側にも立っていたのである。「高取は、職長を殴りつけて、工人への給料を全額、暴力で払わしていた。」それ以来、一部分の日本兵士と中国の工人は友達のように仲がよくなってしまった。

高取はそれでいっそう戦争の本質を見抜いて、ほかの兵士たちを啓発した。「支那を弾圧してニコニコしているのは大金持だけだよ。大金持は、それで、また、金を儲ける。……金を儲けりゃ、その金を使って内地で俺等をからめてから押しつけるんだ。どっちにしたって、俺等だけが部分的によくなるちゅうことはあり得ないんだ。支那の連中に大いにやって貰わんことにゃ、俺等の内地の仕事もやりにくいんだ！」日本の兵隊が戦争をやればやるほど、中国の労働大衆を苦しめ、資本家の力を増強する。それから、資本家の力が強くなればなるほど、日本国内において強くプロレタリアを搾取し、プロレタリアの反抗を弾圧する。労働者や農民出身の兵隊がそんな悪循環を推し進める力になってはいけない、日本兵士と中国の労働者は手をつないで反抗をしなければならないと、高取ははっきりと意識していた。それは黒島伝治の反戦文学の底を貫いた帝国主義批判の精神であり、無産階級の立場から出発したプロレタリア・インターナショナリズムの意識である。

ただし、残念なことに、高取は危険な人物として軍隊の上層部、すなわち資本家の手先に睨みつけられて抹殺されたのである。高取の死によって軍隊の下層兵士の反戦の火が燃え盛るまで待つことができずに密かに消えてしまった。

小説の最後、高取が死に、幹太郎が工場から首にされた。二人とも失敗者である。彼らがそれぞれ軍隊と福隆火柴公司という空間から消えてしまったため、日中労働者の連動が夢の泡となって何の実際の行動にも移らず、中国の工人の階級闘争も結実されないままで終結した。早矢仕智子が「幹太郎にしても、柿本にしても、彼らは『積極性をもちながら、否定的な人間としてしか形成されない喜劇である』と考えられる。[19]」と指摘し、『武装せる市街』における否定的な終結を批判した。たしかに、中心人物が十分に形象化されず、行動的な段階に踏み切らずにいたことは、『武装せる市街』を図式的な作品にとどまらせ、「中国もの」を書くときの黒島伝治の限界性を示したとも考えられる。

日本の軍隊は街を武装した。この時に登場した日本語の宣伝ビラが硬い漢語表現で日中プロレタリアートの連合革命をスローガン式に呼びかけた。

而シテ諸君ハ、支那ノ労働者、農民、兵士達ト手ヲ握レ、諸君ガ革命的連帯ノ固キ握手ニ達スルタメニハ、如何ナル犠牲ヲモ辞スルナ。両側カラ反革命ノ戦線ヲ切リ崩セ。支那革命擁護ノタメニ、諸君ハ支那ノ労働者、農民、兵士達ト力ヲ結合セヨ！

この宣伝ビラこそ『武装せる市街』の主題の現れで、また、黒島伝治が「反戦文学論」において主張していた反戦思想の眼目にあたるものである。

小説の最後の場面はこうなっている。

だが、ある日である。

彼（猪川幹太郎）は、以前の住居の十王殿附近をブラブラ歩いていた。破壊のあとはまだ恢復していなかった。街は、一層きたなく、ホコリッぽかった。支那人が生大根の尻ッポをかじっていた。

「爹呀！　爹呀！」

ふと、彼の足もとへ近づいて来る者があった。汚い支那服を着た子供だった。頭は支那の子供のように前髪と、ピンチョを置いて剃られていた。

よちよちとその子供は、遊んでいるほかの子供の仲間から離れて歩いてきた。

見ると、それが一郎だった。

馬貫之の細君が、辻の枝が裂けたアカシヤのところに立っていた。彼は、思わず、子供を抱きあげた。

一郎は、馬貫之に助けられていたのである。

『武装せる市街』という長編小説はこの粗末な最後をもって幕を閉じたのである。結局、馬貫之についても、一郎を助けた馬貫之の細君についても詳しい描写はなかった。それにしても、一郎が馬貫之の細君に助けられたということは重要な象徴的意義を持っているといわざるをえない。幹太郎は戦乱の中で中津という日本人ヤクザによって危うく妹を掠奪されそうになったうえに、その家も息子もこの掠奪事件にもたらされた大混乱の中で失われたのである。それに、マッチ工場からも首にされた。日本人である幹太郎は日本人としてのすべてを失ったのである。そのうえ、息子の一郎が最後に中国人によって助けられた。もこれは幹太郎の国籍と民族によって決められた身分をいっそう曖昧にさせたのである。もともと中国の工人に同情をよせて、日本人からお前は中国人なのか、日本人なのかと質疑された幹太郎は息子を中国人に助けられたことによって、これからその国境を越えた階級的な身分がもっと重要な役割を果たし、彼を中国人に近づかせていくのであろう。そのうえ、中国人に助けられた一郎もこれから中国人として育ち、次世代の中国の工人運動の支持者と参加者になるのであろうと推測できよう。

山口森園が『武装せる市街』を高く評価し、「いずれにしても、『武装せる市街』が植民地的企業と侵略戦争の実態に迫ることによって日本帝国主義の本質を暴露し、民族や国境をこえたプロレタリアートの階級的連帯感を描いたことは高く評価しなければならない。それまでの反戦文学の『到達点』を示すものであり、伝治にとっても画期的な作品となったことは確かである。」と書いたが、それとは逆に、宮本顕治は「プロレタリア文学における立ち遅れと退却の克服へ」において、黒島伝治の反戦文学を厳しく批判し、「兵士の反抗が極めて自然発生的な憤懣にとどまって、その階級性が表現されていない。」と、青野季吉の「目的意識論」にもとづいて、伝治の反戦文学における政治性の欠如を指摘した。たしかに『武装せる市街』において、幹太郎は労働者の組織的な運動に参与することもなければ、高取も反戦意識を持つ段階にとどまって実際の反戦運動を行ったことがないまま殺されてしまった。階級闘争にしても反戦運動にしても自然発生的な憤懣にとどまるだけで、行動を起す段階には達していなかった。それに中国人についての描写は他者化と疎遠化が目立ち、中国人の内部における視点を獲得しえなかった。

にもかかわらず、黒島伝治はこの作品において、日本の植民地資本の本体を突き止め、その残酷さを指摘したうえで、軍隊内部の反戦意識の目覚めを描き、日本兵士と中国の工人の連合革命を反戦ビラの文面を通して明確に力強く提出したのである。『武装せる市街』は厭戦厭軍の情緒的な発散にとどまっていた黒島伝治の初期の「シベリアもの」をはるかに超えて、中国の工人と日本の資本家、日本兵と中国人、日本兵隊内部の反戦思想を持つ兵士と将校といったいくつかの重層的な対立構造を通して、反帝国主義戦争、反植民地資本、反軍隊内部階層性といった数重の意味における反戦思想を表現した、反戦文学の記念碑的な作品である。

第四節　『前哨』における日本兵と中国兵

短編小説『前哨』は黒島伝治の最後の反戦文学とされている。この小説は満洲事変に題材を得たもので、三つの部分からなっている。

第一の部分は洮昂鉄道沿線に駐在した日本の部隊が豚を狩る話で、その中に日本人兵士が中国人の部落で反戦ビラを発見して密かにそれを拾い上げて読んだという内容が含まれている。

第二の部分は日本のふるさとにいる両親から兵士に送られた手紙も厳しい検査を受けて、靴下や歯磨きなどの入った慰問袋だけが無事に兵士の手元に届いた話で、中には日本内地の反戦ビラが慰問袋に隠されて密かに届けられてきたという内容がある。

いわば、一と二の段落は表面的に見ればそれぞれ豚狩りと慰問袋の話ではあるが、裏には日中両国の反戦ビラ工作の内容が含められ、満洲事変後の反戦の気運がうかがわれる。

そして、第三の部分は最も重要で、前哨線に派遣された八人の日本兵が中国兵と遭遇した話である。中国兵の残虐さを噂に聞いた日本兵はとても怖がっていた。ところで、中国の兵士は彼らにニタニタと笑っていた。翌日も同じで、両方は目を見合わせるたびにニタニタと笑っていた。そして、日本兵がハムを手ぬぐいに包んで投げると、中国兵からボロ切れに包んだ酒が投げ返された。軍曹がその酒に毒が入っていると言ったが、兵士たちはかまわずにそれをラッパ飲みにした。何事もなかった。あくる日、日本兵たちが蒙古犬に遭遇して、あやうく食われそうになったところを、中国兵に助けられた。以来、前哨の偵察隊と中国兵との関係がますますよくなった。それから三日後日本軍が全線に渡って前線を前に推し進めようとして、つい大部隊が前哨小屋のところまで来た。「中隊長は、前哨に送った部下の偵察隊が、××の歩哨と、馴れ馴れしく話し合い、飯盒で炊いた飯を分け、粟の饅頭を貰い、全く、仲間となってしまっているのを発見して、真紅になった。」(20) それで中国の兵隊に対して射撃の命令を下したが、兵士はかえって中隊長をねらって引金を引いた。

最初の時、日本兵は中国人兵士を怖がっていた。その主な原因はこの八人の兵士が大部隊から離れたことにある。いわば、前哨線にいた彼らはすでに、大部隊という日本人の集団から離れて、広漠とした中国東北地方の曠野にいる孤独な存在となった。この孤独さはもう一方において彼等をイデオロギー的な日本帝国から離れさせ、中国人兵士に近づかせる契機を作り上げたのである。

しかし、この時に意外なことが起きた。「中山服は、彼らを見ると、間が抜けたようにニタニタと笑った。つづいて、あとからも一人顔を出した。それも同じように間が抜けた。のんびりした顔でニタニタと笑った。」中国人兵士のこの意外な友好的な態度に対して、日本人兵士も怖さや敵対意識を忘れて笑い返した。「こちらも、それに対して、怒りを以てむくいることは出来なかった。思わず、ニタニタと笑ってしまった。」言葉も通じない敵対したはずの両国の軍隊がお互いに笑顔で向き合っている場面はたいへん象徴的なものである。およそ黒島伝治は両方の笑顔を描写することによって、国境を越えた日中両国のプロレタリアートの強い連帯感を表現しようとしたのであろう。

戦争の最中で敵部隊の間にもともとこんなことが起こりえないが、しかし、両方とも大部隊から離れて、無限な曠野を彷徨う人間同士、しかも資本主義社会において圧迫され、搾取された者同士であるという立場から考えれば、また不可能なことでもなかった。曠野という社会から離れた独立な空間は日本人兵士にも中国人兵士にもその社会的、民族的な身分を忘れさせて、ひたすらに人間としての彼らを近づけたのである。そして食物の交換を通して、日中両方の兵士がお互いに深い信頼感を作り上げた。

まもなくして、日本兵が蒙古犬に出逢って危険に陥った時、中国人兵士が助け舟を出した。蒙古犬という共同の敵を持つ日中両方の兵士の間にますます信頼が厚くなったのである。しかし、それから三日後大部隊が八人の泊まる小屋のところまで来ていた。中隊長は日本帝国軍隊の体現者として現れ、曠野という社会から隔絶された空間を打破し、敵対したはずの日中の兵士の友情に大きな危機をもたらした。日本兵士には二つの選択肢が眼前にぶっつけられた。一つは中隊長の命令に従って中国人兵士との友情を置き去りにして彼らに発砲することを通して、日本人という集団に復帰することである。もう一つは中国人兵士との友情を忘れずに、中隊長の命令に違反して、反戦の意志を行動に移すことである。兵士たちは後者を選択したのである。

兵士が将校に銃口を向ける場面は『前哨』に現れただけでなく、「シベリアもの」の「パルチザン・ウォルコフ」などにもあった。軍隊内部の残酷な階層性と、帝国主義戦争の反動性が二重に重なって、下級の兵士に将校に銃口を向けさせたのである。『武装せる市街』における反戦行動の挫折とは違い、『前哨』において兵士たちは実際の行動を通して反戦反軍の意を鮮明に表していた。

しかし、満洲事変に取材し、満鉄が満洲を支配するために請負工事の形で施工した洮昂鉄道沿線を舞台とした以上、日本帝国主義の満洲侵略と、満洲における中国軍隊の反日の動きに触れるべきなのに、黒島伝治は当時の日本の満洲侵略と中国の排日運動に少しも言及せず、日本兵士と中国兵士が前哨線で遭遇して、お互いに近づき、つい厚い友情を形成したという、特殊な孤立的な場面しか描かなかった。何の社会的な背景もなければ、思想的な触れ合いもないこの日中両国の兵士の友情は戦時中において不可思議なものである。さらに、ラストシーンの兵士が中隊長に銃口を向けた場面も唐突で、反戦の主題を充分に表すのにまだ思想性がはるかに足りないといわざるをえない。

第五節　おわりに

黒島伝治の「中国もの」は以下のような特徴を持っている。

(1)　シベリア体験を原点とすること

平林たい子や里村欣三と違って、黒島伝治の中国体験は二ヶ月ぐらいの取材旅行だけである。山東省から北上してほぼ中国の北のほうを回ったが、中国に長く滞在し、中国人とともに働いた経験はなかった。済南事件についても身をもって体験したのではなく戦跡を見て資料を調べただけである。そのため、黒島伝治の「中国もの」は「支那見聞記」「奉天市街を歩く」というたいへん短い二篇の旅行記以外はほとんどもっぱら想像力をもって構成されたものである。

中国体験よりも、黒島伝治が本当に長く滞在し、身をもって体験したのはむしろシベリアのほうであった。『軍隊日記』から始まった伝治の「シベリアもの」は体験的な素材から構成された文学である。黒島伝治の厭戦厭軍の情緒も、反戦反軍の思想も一年間のシベリア駐在から獲得したもので、それが「中国もの」に引き伸ばされ、舞台こそ変わったが、作品の主題は変わらずにつづけられていた。シベリアの原体験は黒島伝治の「中国もの」の原点を成している。

(2) 重層性を持つこと

黒島伝治は「中国もの」において数層の二元対立構造を構図し、重層性を持って日本の帝国主義戦争を批判した。

まず日本資本と中国の労働者の対立である。『武装せる市街』において、黒島伝治は外国資本の侵入によって残酷に搾取された中国の工人の境遇を描いた。酷使された幼年工は毒のある黄燐に体を害されて生きて成長する見込みがなく、死を待つばかりである。また雇われた成年の工人たちもマッチ工場に長くいればいるほど体が弱くなり、最後に追い出されて死ぬしかない。同じく搾取される者同士ではあっても、労働組合運動の高潮ですでに反抗を知った日本の労働者のほうは中国の工人よりははるかに楽であった。黒島伝治は残酷きわまる手段で搾取されても反抗することを知らない中国の工人のために幹太郎という同情者を作り、また高取という中国の工人の代わりに資本家に給料の支払いを強制する兵士を作り上げたのである。

また、中国人内部にも土匪と化した北軍の残兵や、把頭という日本人に雇われて工人をいじめるようなヤクザや、阿片中毒で神経を麻痺させたような中国人や、死体の間でお金を探すようなマイナスなイメージの中国人像を作り上げた一方、哀れな境遇にいる工人たちや、ビラ工作をする共産党系の中国人も描いた。同じ中国人といっても、黒島伝治はその中の複雑な分化を描き出し、全面的な中国人像を作り上げた。そして、悪い奴を批判し、哀れな工人に同情を寄せ、ビラ工作をする先覚者たちに敬意を表していた。

さらに、日本人と中国人との対立の中で、日本人居留民が阿片を販売することで中国人を害する行為を暴露し、軍隊が来るよう嘆願書を出したが、派遣された軍隊が自分たち平民を守らずに、もっぱら工場や銀行を守りに行くのを見て、がっかりした愚かな日本人居留民を描いた。日本人との照合を通して、植民地化されつつあった中国の人々のつらい境遇を反映したのである。この対立の裏面に、幹太郎のような中国人に同情を寄せて、中国の工人のために日本人管理者を怒鳴りつけるプロレタリアートの同志と、高取のような日本の帝国主義戦争を批判し、中国の工人の代わりに工場の管理者たちに給料を払わせた日本兵士を作り、中国の労働者と日本の一般民衆および日本の下級兵士とのつながりを描き出し、日中プロレタリアートの連合革命の可能性を提出したのである。

最後に日本人内部にも階級的な矛盾があった。幹太郎を代表とする一般の日本移民と中津をはじめとするヤクザや小山らをはじめとするブルジョアジーの手先は、中国人に対する態度が明らかに違っている。この面では幹太郎は中津や小山らと対立している。また、軍隊内部においても高取や柿本のような反戦意識を持ち、中国の工人に同情するような下級兵士と、将校を代表とする帝国主義政府の手先とも鋭く対立している。ただし、最後に幹太郎は首にされ、高取や柿本は抹殺された。彼らの失敗は日中プロレタリアートの連合革命を観念上のものだけにとどめてしまい、その実行の可能性を否定したのである。これは『武装せる市街』の一番大きな欠点ではないかと思われる。

(3) 反戦意識と階級意識をあわせ持つこと

黒島伝治の反戦文学は田山花袋や与謝野晶子らの個人的な厭戦文学と違って、はっきりとした階級意識を持つものである。黒島伝治が反対するのはすべての戦争ではなく、中国や朝鮮を植民地化しようとした帝国主義戦争であり、ブルジョアジーの利益を獲得するための対外侵略戦争である。そのため、黒島伝治は『済南』において日本兵隊の残虐さを批判し、『武装せる市街』において労農出身の兵士は済南で工場や銀行を守り、中国の工人を鎮圧するために駐在した愚かさを批判している。それと同時に、宣伝ビラにも書いてあったように、黒島伝治は日本の下級兵士と中国の労働者との連合革命を提唱し、プロレタリア階級の解放のための戦争を呼びかけているのである。

このようにはっきりとした階級意識に立った黒島伝治の反戦文学は、ブルジョアジーの戦争に反対すると同時に、プロレタリアの解放のための戦争を提唱しているのである。

(4)　真の中国人の内部視点を獲得していなかったこと

黒島伝治は『武装せる市街』において、黙っていじめられる一般の中国労働者と、階級意識に先覚し、給料支払いを要求した積極的な中国労働者を描いた。そして、ビラ工作をする中国共産党の存在にも言及した。しかし、これらの中国人はいずれも日本人の視点から描かれたものであり、対象化、他者化された客体でしかなかった。竹内実は「この黒島伝治のただ一つの長編『武装せる市街』には、これまでの作品にみられなかった積極的なタイプがはじめて登場している。中国人の生活・中国の風土についても、こまかな観察をはたらかせており、その細部にわたる正確な描写のうえに立って、かれは日本兵の反戦運動の記述を展開し、それをとおして日本帝国主義の植民地政策にたいする批判をおこなっている。[21]」と書いたが、たしかにそこにはこまかな観察があり、生き生きとした描写があった。しかし、それは中国人の内部の視点に立つものではなく、終始傍観者の態度で書いたものにすぎなかった。

もちろん、日本人作家の書いた小説は日本人の視点に立つのは当然ではあるが、しかし、いつまでも傍観者の態度をとっていれば、本当の中国人を描くことができないことはいうまでもない。この点からいえば、『武装せる市街』よりも、中国人を主体として書かれた平林たい子の『敷設列車』や、里村欣三の『動乱』と『兵乱』のほうがはるかによかったといえよう。

（1）黒岛传治著、李芒等译：《黑岛传治短篇小说选》上海译文出版社、一九八一年。
（2）黑岛传治著、李光贞译：《武装的街巷》山东人民出版社、二〇一五年。
（3）王向远：〝七七事变〟前日本的对华侵略与日本文学——以几篇代表作为中心《日本学刊》一九九八年一一月。
（4）李光贞：中日两国黑岛传治反战文学研究述评《山东师范大学学报》二〇一七年七月。
（5）黒島伝治：「軍隊日記——除隊の日まで」『黒島伝治全集　第三巻』筑摩書房、一九七〇年。
（6）鹿野政直：「大正デモクラシーへの底辺からの証言」『黒島伝治全集　第三巻・月報3』筑摩書房、一九七〇年。
（7）黒島伝治：「戦争について」『黒島伝治全集　第三巻』筑摩書房、一九七〇年。以下同作の引用は頁と出典を表示しないことにする。
（8）黒島伝治：「反戦文学論」『近代文学評論大系　第6巻』角川書店、一九九一年。以下同作の引用は頁と出典を表示しないことにする。
（9）山下嘉男：「黒島伝治小論——底辺からの告発の文学」『民主主義文学』一九七三年一二月。

(10) 黒島伝治：「支那見聞記」『黒島伝治全集　第三巻』筑摩書房、一九七〇年。
(11) 太田進：「黒島伝治と中国（二）」『野草』一九七三年一〇月。以下同作の引用は頁と出典を表示しないことにする。
(12) 中薗英助：「黒島伝治論――『武装せる市街』の里程標」『多喜二と百合子』一九五六年一〇月。以下同作の引用は頁と出典を表示しないことにする。
(13) 浜賀知彦：『黒島伝治の軌跡』青磁社、一九九〇年。以下同作の引用は頁と出典を表示しないことにする。
(14) 宮本顕治：「プロレタリア文学における立ち遅れと退却の克服へ」『宮本顕治著作集　第1巻（一九二九年～一九三三年）』新日本出版社、二〇一二年を参照。
(15) 黒島伝治：「済南」『パルチザン・ウォルコフ』天人社、一九三〇年。以下同作の引用は出典と頁を表示しないことにする。
(16) 黒島伝治：「武装せる市街」『黒島伝治全集　第三巻』筑摩書房、一九七〇年。以下同作の引用は出典と頁を表示しないことにする。
(17) 山口守圀：『プロレタリア文学運動と黒島伝治』海鳥社、二〇一三年。以下同作の引用は出典と頁を表示しないことにする。
(18) 黒島伝治：「入営する青年たちはなにをなすべきか」『黒島伝治全集　第三巻』筑摩書房、一九七〇年。
(19) 早矢仕智子：「黒島伝治と『武装せる市街』」『日本文学ノート』一九八四年二月。
(20) 黒島伝治：「前哨」『定本黒島伝治全集　第三巻　小説Ⅲ』勉誠出版、二〇〇一年。以下同作の引用は頁と出典を表示しないことにする。
(21) 竹内実：『日本人にとっての中国像』岩波書店、一九九二年。

第四章　中西伊之助と中国

中西伊之助（一八八七―一九五八）はプロレタリア作家、運動家である。今ではあまり名を知られていないが、じつはプロレタリア運動の最も早い時期の参加者と指導者の一人で、また最も早い時期のプロレタリア作家で、『文芸戦線』の創立者の一人である。

第一節　中西伊之助の満洲体験と「中国もの」

中西伊之助が社会主義思想に接近したのは一九〇五年ふるさとの京都府宇治村を離れて上京したあとである。彼自身が書いた「愛読者への履歴書」によれば、「数え年十九の時に、海軍兵学校へはいる準備のため貯金をもって、東京へ苦学するつもりで出た。大成中学校五年級に編入、兵学校は、私が私生児だというので入れてくれなかった。二十一まで、車夫、新聞売、おでん屋、何んでもやったが、却却勉強ができなかった。それに憤慨して、社会主義を信ずるようになった。(1)」ということである。中西伊之助は堺利彦、木下尚江、安部磯雄らの著作などを読んで、それから、翌一九〇六年二月の日本社会党結成大会に未成年者として傍聴した。その後、徴兵で伏見工兵第十六大隊に入って上等兵まで昇進した。中西伊之助が作家になった契機となったのは除隊後の一九一一年の朝鮮行である。朝鮮にいる母を頼りに行ったと考えられる。朝鮮で中西伊之助は『平壌日々新聞』の記者となっていたが、「愛読者への履歴書」によれば「寺内総督を攻撃し、大資本家、藤田伝三郎の鉱山に於ける労働者虐待を暴露して、大いに気を吐いたために、その新聞は潰れ、私は監獄にブチ込まれた。」とあった。その後、中西は朝鮮を離れて、満洲に逃亡した。これは彼のはじめての満洲行である。一度満鉄に入社して、けっこうな給料をもらった時代もあったが、係長と喧嘩したため、満鉄をやめて、東京に舞い戻った。

この朝鮮・満洲行は中西伊之助の最初の海外行であり、彼に文学的素材を提供し、彼の目を宗主国日本と海外植民地の朝鮮および満洲との対立に向かわせ、階級闘争と植民地解放の問題を彼の文学に孕ませたのである。

満洲から日本に帰ったあと、中西伊之助はすぐ文学に取り付かなかった。彼は尾崎士郎らといっしょに社会主義の講座を聞きに行ったり、労働者運動に参加したりしていた。また、弁護士を志して中央大学や早稲田大学の法学部の講義にも傍聴に行ったが、「その講義がばかばかしいので、みんな半年ばかりでやめ」た。そしておよそ一九一九年ころから『時事新報』の記者として編集活動を行いつつ、日本の労働者運動に参加し、日本最初の階級的戦闘的労働者組合である「日本交通労働組合」の創立大会を組織した。一九一九年九月三日のこの創立大会において「席上まず、中西伊之助を満場一致で組合理事長に推し[2]」たのである。以後、中西伊之助は労働者罷業などを指導して、労働者の権益を守る政治運動を数々組織したため、治安維持法によって投獄されたりしていた。

一九二二年、一一年前の一九一一年の朝鮮行を素材にした中西の長編『赭土に芽ぐむもの』は改造社から刊行された。これによって数え年三六歳の中西伊之助はプロレタリア長編小説家として文壇に一席を占めるようになったのである。川村湊は「日本プロレタリア文学のなかでは、中西伊之助が、朝鮮と朝鮮人に関して持続的な関心を持ち続け、その代表的な長編小説である『赭土に芽ぐむもの』が、日本の近代小説では珍しく、朝鮮を舞台として、朝鮮人と日本人が登場人物となっている作品であることは、近代文学史上よく知られたことである。[3]」と書いていた。『赭土に芽ぐむもの』は中西伊之助の作品の中で最もよく知られたものである。

その後、中西伊之助は一九二二年七月号の『早稲田文学』に『緑陰』、一九二二年九月号の『改造』に『不逞鮮人』などを発表し、ついに一九二三年の四月『種蒔く人』の同人に迎えられて、本格的な作家活動を始めた。そして、当年改造社より長編『農夫喜兵衛の死』を刊行し、『種蒔く人』同人としての第一作を発表した。『農夫喜兵衛の死』において、中西は反戦思想を表したため、反戦の農民作家と称されるようになったのである。

一九二四年、中西伊之助を発行・編集・印刷人として、『種蒔く人』の後身にあたる

『文芸戦線』が発行され、のちプロレタリア文学運動の重要な機関誌となったのである。『文芸戦線』時代において、中西伊之助は『審くもの審かれるもの』『この罪を見よ』『国と人民』など数々の長編を発表し、植民地問題と農民問題を取り上げていた。

一九三一年満洲事変が勃発する前後、中西伊之助は一九一一年から二〇年ぶりに再度の満洲行をしていた。そして、当年の『改造』に「撫順炭鉱」「満洲に漂泊う朝鮮人」「満洲事変――銃剣の下を潜って」などのルポルタージュを載せた。これらのルポルタージュはのちの一九三五年の中西の中国旅行記といっしょに『支那・満洲・朝鮮：随筆』にまとめられ、一九三六年中西伊之助自らが創立した実践社から出版された。

そして、一九三五年の春、中西伊之助は三度目に満洲旅行をし、大作『軍閥』を書き上げ、同じく実践社より刊行された。この実践社は中西伊之助がもっぱら『軍閥』を刊行するために創立した出版社である。『軍閥』の「自序」において、中西伊之助は「一九三五年六月、文化擁護国際作家会議はパリに開かれた。世界に於ける進歩的な作家はこの会議を精力的に支持した。[4]」と書き、『軍閥』は全世界反ファシズム闘争の一環として書かれた事実を明かした。『軍閥』は中国の農民、労働者、兵士の反帝国主義闘争と階級闘争を鮮明に反映し、中国人の苦難と革命的な動きを躍動的に描いた傑作である。しかし、刊行された一九三五年はすでにプロレタリア文学が退潮したあとで、日本ではナショナリズムが高揚し、社会の関心は対中国拡張戦争に集まり、そして文学界の関心は戦争直前のいわゆる老大家の復活と新感覚派運動をはじめとする文芸復興に奪われたため、プロレタリア文学の題材と手法で創作された『軍閥』についての評論は一篇もなかった状態である。戦後になっても中西伊之助についての評論はわずかしかなかった。しかもそれらの評論はもっぱら『緒土に芽ぐむもの』を代表とする「朝鮮もの」や『農夫喜兵衛の死』を代表とする「農民もの」に集中し、中西伊之助の中国題材作品はほとんど知られなかった。数々の大長編を発表し、植民地問題と農民問題を主題として深刻に取り上げ、書き方もたいへん上手な中西伊之助はなぜこのように冷遇されているのか、不思議に思わずにはいられないのである。

戦時中、中西伊之助は反ファシズムの立場を一貫させ、里村欣三や林房雄のように戦争に協力し、文学報国会などの戦争協力団体に参加して中国に行ったことは一度もなかった。が、中国に対する関心は依然として高かったのである。戯曲『武昌落城』、随筆『老人日本と青年支那』『新しく支那を見る』『爆弾下の太原』『万宝山の鮮農』、小説『俺は苦力だ』『高粱と匪賊』などを創作した。

このように三度に渡る満洲旅行を通して、中西伊之助は満洲をはじめとする中国を知り、大長編『軍閥』をはじめとする一連の「中国もの」を書き、中国における階級闘争と反ファシズム闘争を生き生きと描写したのである。

第二節　『軍閥』における搾取構造

『軍閥』は七章に分けられ、四〇〇頁を超える大長編である。時間も場所もはっきりと示されていなかったが、その内容から推測すれば、およそ時間は北伐戦争直後の一九二〇年代末頃から一九三〇年代のはじめにかける間で、場所は満洲に割拠する中国東北の軍閥の統治下にある都会とその付近の農村と考えられる。前述のように、中西伊之助は一九一〇年代から一九三〇年代にかけて三度に渡って満洲に行ったことがある。そのため『軍閥』は中西のよく知っている場所と時代を書いた作品であることはまず間違いない。

「自序」において、中西は「『軍閥』は思い切った冒険である。日本人が支那を書くのさえ冒険だのに、私はその国のスフィンクスである軍閥の生活、軍隊の生活、農村と農民の生活を書いた。」と明言している。宏大な構想を持って、軍閥、農民、労働者、軍隊を次々と登場させたこの大長編はまさしく「冒険」的な一面が見られる。日本人作家として、こんな大きな展開の中で完全に中国人の立場に立って、もっぱら中国のことを描いた作品は日本近代文学史上『軍閥』のほかにはー作もないといってもよかろう。

『軍閥』は省政府主席王国珍という軍閥の統治下で中農と小作農、炭鉱の労働者、軍隊の下級兵士の生活が窮迫していく様子を描き、彼等の自発的な反抗闘争を描写し、最後に工・農・兵の連合革命を暗示していた。

この作品においてはっきりとした搾取構造が築き上げられている。それは軍閥の独裁政治と外国資本の侵入で、重税を取り立てられ、棉を売れなくなって食べられない農民と、給料の不払いで田舎への仕送りができなくなった下級兵士と、イギリスの炭坑経営者に騙されてヨーロッパの戦場に送られた炭坑の労働者の遺族たちとによって構成された戦乱時代の地獄図である。中西伊之助はこの地獄図を描くことによって、軍閥と帝国主義が中国の百姓にどれほどの苦難をもたらしたかを暴露し、中国人の艱苦と反抗を描き、最後にこの搾取構造の崩壊を明るいエンディングによって暗示したのである。

一　外国資本と手を結ぶ軍閥

一九一二年中国の最後の封建王朝清朝が崩壊してから、一九四九年新中国が成立するまでは中華民国の時代で、軍閥が大きな勢力を持っていた時代であった。軍閥といっても民国の前半期には北洋軍閥と南方軍閥の対立があり、一九二〇年代の北伐戦争以降、後半期に入って、南方の桂系軍閥、北京あたりの直系軍閥、中部地方の皖系軍閥および東北地方の満洲を根拠地とする奉系軍閥に分けられている。軍閥は表面上民国中央の蔣介石政府に所属しているが、実際はそれぞれの占領地区で覇権をもっておのおの独自の政治を行っている。それに各軍閥は領地を奪い合って常にお互いに戦争を行っている。中央政府は兵隊が必要なとき、たとえば抗日戦争をしようとするとき、軍閥と相談してその軍隊を徴用することになっている。蔣介石が軍閥に軍隊を派遣させるのにずいぶん骨を折ったのは中国では周知のことである。

中西伊之助の『軍閥』に描かれた軍閥王国珍は省政府主席で、満洲を根拠地とする奉系軍閥の中のある大物として構想されている。中西伊之助は王が、暴虐な独裁政治を行って、外国勢力と手を結んで人民を搾取することを描いた。

小説の最初に王の政敵の頭蓋骨の髑髏が並べられていた事務室に、大手商社の重役であるひと組の日本人が登場する。日本人たちは日本留学歴のある王の機嫌を取り、王と商売をして利益を獲得するために、王に金銀でできた日本刀を贈り物にした。王はこのプレゼントをたいへん喜んで、日本人たちにしきりに笑顔を見せた。王はなぜ日本刀がこれほど好きなのか。それは「武力を持たない民衆への威嚇が恐ろしく巧みな芸術的表現を以って百パーセントに効果されている(5)」からである。日本刀は日本を代表とする各帝国主義の軍事力を象徴している。王はこの日本刀を喜ぶことはつまり諸外国の勢力を喜ぶことに等しい。事実もそうだ。下級兵士による軍隊の動乱が起きた時、王は公然と外国の軍隊を利用してそれを鎮圧したのである。それに金銀でできた日本刀は一種の芸術品でもあり、王の巧みな政治の仕方を物語っていた。

ついでに『軍閥』における日本人の登場はこの始まりのところと中間の一ヶ所だけで、作品展開に何の役も与えられていない。ほかは純然たる中国の話である。作者は日本人視点を完全に捨てて、中国人作家になりきっているような感じでこの作品を書き上げた。

王は何でも武力で解決したがっている独裁者である。法律も公文も彼の目には無きに等しい。徴税とか軍事とかの大きな政から、官員の姦通事件のような些細な雑事まで、何でも王の一言で決められてしまう。「各庁長はすべて省政府委員であり、省政治はこの委員会の合議によるので、主席はその議長であるに過ぎないが、そうした行政組織は一片の空文であり、全省の政治はすべて彼の独裁によって決定せられるのだった。」

独裁者の王は南京の蔣介石政府といっしょに諸外国の勢力と上手に手を組んで、省内の人民を搾取していた。棉と小麦を主な農産物とした農村では、もともと農民は棉を一担四〇元で、小麦を一石一二元で売って、何とか食べつないでいたが、「南京政府がアメリカから二千万元という莫大な金を借款して、棉と小麦の大量輸入をする」(6) ため、棉は一担一元まで値下がりしてしまい、輸入米は一石八元、輸入小麦は一石六元まで値下がりしてしまったため、農民は食べられなくなってしまう。

しかし、王はそんなことを全然気にかけなかった。彼が重視しているのは軍隊だけである。「彼の生命は軍隊であり、省政府委員主席の位置もそのために確固としているのであるし、（中略）彼の持つ軍隊の数が彼の政治的勢力といつも正比例する。」軍隊を重視することはいわば軍閥である王国珍の本質であるといえよう。そのため、王は自分の勢力を拡大するためにどんどん増兵していく。増兵のために税金を増やさなければならない。税金を増やしたらまた増兵する。そういう悪循環の中で農民の生きる道がほとんど奪われてしまったのである。

農民は外国輸入品と増税で喘いでいるにもかかわらず、王は贅沢な邸宅に住み、豪華な事務室で毎日数十組の客を接待し、自分の政治が「仁政」であるとみんなに宣伝している。それから何か民間の不穏な気配が出てきたら、それを帝国主義の侵入のせいにする。「あらゆる煽動的、刺激的な文字を作り上げ、あらゆる言辞をつくし、現下世界列強の軍備の拡大と国境の重大化を力説して省民を警醒した。そしてそれに備えるために軍費の必要なることを訴えた。」もちろん、外国勢力の侵入を防止するために軍費を増やすのはまったくの嘘で、実際、王は外国と手を結んで莫大な利益を自分の懐に入れているし、軍費を増やすのも自分の勢力を拡大するためで、世界列強から国を守るためではなかった。王は私利私欲に駆られたエゴイストで、彼の目には国もなければ人民もいなかった。

このように、王は残虐な独裁者であると同時に、狡猾な政治家として描かれていた。王は農民をはじめとする省内の人民を圧迫し、搾取する一方、増兵と徴税のためにあがった民間の不満を巧みに外国勢力のほうに導き、そこから上手に逃れることができた。彼は極端な形で現れたエゴイストであり、古代の暴君の近代における現身にほかならない。中西伊之助はこの暴君を『軍閥』における搾取構造の最上層部に位置づけ、中国のスフィンクスとして描いたのである。省内の人民にとって王は暴君である一方、国全体にとって王は売国奴に等しい。

二　絶境に追い込まれた農民、労働者と兵士

「農民作家」とよばれる中西伊之助は『軍閥』においても中国の農村を主な舞台にしていた。「自序」によれば、中西伊之助は日本人と中国人の専門家から状況を聞き、また自分でも中国の農村について調べをしていたことがわかる。「手前味噌を申上げては恐縮だが、その材料を集めるにはかなり苦心した。斯道の大家長野朗氏には多大の援助を得た。少年時代から北支で育った愛甥松岡富士雄にも助力を得た。済南の山田作兵衛氏にも無理を願った。支那の農村経済については直接調査もするし、中国人、張慶新、章乃器、金国

宝、田亜農、その他の諸氏の報告論文も参考した。」ということで、この意味から見れば、『軍閥』も一種の「調べた芸術」といえよう。そしてその調べた内容は直接作品にも現れている。たとえば、中西は中国農民の構成の変遷を次のような数字で直接作品の中で表示していた。

民国七年の調査によると、(中略)自作農と自作兼小作農は全農民の七四、六パーセントの多きに達しているがその所有土地についてみると、[7]

貧農	(十畝未満)	四二、三%
中農	(十畝以上五十畝未満)	四二、四%
富農	(五十畝以上)	十五、三%

(中略)

ところが十二年後の民国十九年(一九三〇)に於ける某県に就て実地調査したる土地分配表によると、

貧農	六八、九%
中農	十九、八%
富農	五、六%

このような数字表示は作品に数ヶ所見られる。このことから見てもわかるように、中西伊之助は的確な資料を手に入れ、中国の農村経済を十分分析したうえで、『軍閥』を書いたのである。そのため、彼が描いた中国農村の様子と農民の生活は中国の内部に立つ視点を十分に獲得していて、たいへん真実的なものであった。

中西伊之助は馬順福一家を代表として軍閥と外国資本に圧迫された中国の農民の苦難を描いた。馬順福はもともと五十畝ぐらいの土地を持った中農である。夫婦と息子二人、娘一人のけっこう楽な生活をしていた五人家族であった。二人の息子はかつて革命青年で資産階級を中心とする民主主義運動に参加したことがあるが、今はもう民主主義運動が大資産階級の利益を獲得するためのものであり、農民と労働者のためのものではないという本質を見抜いて、家に帰ってきた。それから、馬順福自身は「文字通り十年一日の如く、毎日こつこつと野良で働いていた」勤勉な百姓で、何でも運命に任せれば解決できると信じる「運命論者」であった。しかし、蔣介石政府が外国から大量の棉や米を輸入したため、農作物の価格が暴落し、馬順福一家はどんどん土地を売ったり、高利貸しから借金をしたりするように追い込まれていく。最後の十畝を抵当に入れてお金に換えようとしても土地の値段も農作物といっしょに暴落し、全然お金にならなかった。しかし、重税は依然として徴収されている。絶境に追い込まれた馬順福はどうしようもなかった。

「農民はこの暴戻な苛税に直面して、死ぬか生きるかの最後の決戦だ。たとい十分の見透しがつかなくてもやるだけは飽くまでやらなければならないんだ。」それで、二人の息子は県民代表会を作って、抗捐[8]運動という徴税反対運動を起こすために奔走し始めた。それと同時に、封建時代の百姓のようにあくまでも政府を信頼している馬順福は息子たちに内緒で省民代表団に参加し、合法的な道を通して王国珍へ面会を願って、王に進言しようとしていた。

王の豪華な事務室で、馬順福は孔孟の教えを唱えて王に仁政を勧めようとしたが、それがかえって王を怒らせてしまったので、馬順福はその場で捕まって殺されたのである。「王主席の命令を待っていたように、老人の痩せ衰えた細い体へ、屈強な数人の巡警が靴を踏み鳴らしてドッと掴みかかった。蝗のように両腕はぐいと背後へ捻じ揚げられ、胸から太い捕縄が幾筋も絡みついた。老人は静かに目を閉じていた。凍りつくような暗澹たる恐怖時代のやってきたことが、省民代表に犇と感じられた。」これは政府を信頼し、合法的な道を通して、自分たち農民のお願いを省政府主席に聞き届けてもらおうとしていた老百姓馬順福の悲惨な最期である。

馬順福の死は農民たちがすでに絶境に陥ったことを物語り、軍閥の、農民に生きる道を残さず、彼らを死地に追い込もうとする残虐な本性を暴露したのである。合法的な進言を聞き入れてくれない軍閥に対して非合法的な暴力革命を通してそれを打ち倒す以外には、農民の生きる道はなかった。

中農馬順福一家でさえ死地に追い込まれたので、もともと貧しい貧農である大宝一家はもっと惨めであった。大宝は妻と四人の娘を持って、自作兼小作農をして、何とか生活を維持していたが、農作物の価格が暴落し、政府から重税を課せられ、毎日芋をかじるだけで凌ぐような生活も維持できなくなり、わずかな土地を売り払い、上の三人の娘も全部売り払った。残るのはまだ赤ちゃんである最後の末娘だけになったが、ついにこの最後の末娘も売り払うしかなかった。末娘を背負って街へ売りに行く途中、赤ちゃんは食べ物がないうえに、夏の暑い日に晒されたため死んでしまった。大宝はその途中である素性のわからない男と知り合って、彼の誘いで阿片販売を始め、初回で六元を儲けた。大宝はそのお金で娘のお葬式を挙げようとしていたが、村の官憲に徴税の名目で全部取られた。二回目のとき、大宝は警察に捕まって銃殺された。大宝は死ぬときまで、自分のやったことは違法なことであるとは知らなかった。

四人の娘を次々と売り払い、最後に自分も阿片販売の罪を問われて銃殺された大宝は悲惨な貧農の代表者として描かれ、彼の死は軍閥の統治下にある貧農たちの悲劇を象徴している。

しかし、ここで一味違うのは大宝の女房である。彼女は農民運動を起こそうとする馬順福の息子の馬海とも知り合いで、都会にさえ行けば何とかできると信じる夫と違って、貧しい人はどこへ行っても生きる道がないのをちゃんと知っている。それで、馬海が抗捐運動のために奔走すると同時に、彼女も婦女代表として農民大会に参加して、開会の挨拶を立派に述べた。「おらたちあ、どうしても力を合わさねばなんねえだぞ。それでもおらあ、やるだけやっただ。おらもう、今度でようく少爺(9)のいうことわかっただ。これからまだまだやるぞ。お前さんたちア強え男でねえか、しっかりやってくんろ！」と、自分一家の悲惨な境遇を訴え、農民の決起を呼び起こそうとしていた。「女房は立派に開会の辞をやってのけた。虐げられているものの魂には、海綿が水を吸うように真理を吸う。眼に一丁字のない百姓婆アの、虐げられた魂の情熱だ！」この大宝の女房は貧農の中の覚醒者として描かれた。彼女の登場は、教育を受けたことのない素朴な農民の中から反抗の芽がすでに土を割ったことを示している。彼女はまだどうやればいいかはっきりとわからないが、しかしその「虐げられた魂の情熱」はすでに燃え上がり、これから有識者の指導のもとで必ず軍閥の暴政を底から転覆させる力になっていくことは手に取るようにわかるのである。

農民ばかりでなく、炭坑で働く労働者たちも生活苦に蹂躙されている。徐立松一家はもともと小作農をしていたが、あまり生活が貧しすぎたため、徐の父は妻と二人の息子を連れて農村を出てイギリス人が開発した炭坑で働くようになったが、「欧洲大戦が勃発した頃だった。イギリスにあるこの会社の本社では多くの坑夫が出征したので、その補充としてイギリス人経営のK——坑から坑夫が二三千人もイギリスへ渡航した。その労働条件が非常にいいので彼の父も一儲けするつもりで妻と二人の子供をのこしてその群にはいって行った。そしてそれきり一度のたよりもなかった。」大戦が終わってからこの二三千人のうちわずか数人だけが帰ってきたが、彼らの話によれば、徐立松の父たちはイギリスの炭坑に入ったのではなく、渡航した当初から戦線に送られてみんな戦場で死んだということだった。それを聞いた徐一家のような遺族たちはどうしても憤激をおさえることができなかった。彼らは遺族代表者を選んで、炭坑のイギリス経営者に抗議をした。「渡英者惨案協議会は三万五千の鉱山労働者の機関として忽ち二百名あまりの代表者を出すことに成功した。」それぞれ個々ばらばらに自分の田地を耕して組織性のない農民に比べて、集団作業に慣れていた労働者たちはもっと組織されやすい人たちである。それに鉱山のイギリス経営者から派遣された人事課長の李中道という若者も実は労働者たちの味方になっていた。「彼はもうイギリス帝国主義の一走狗でなくその残忍なる搾取に悩んでいるこの国の労働者の味方であり一同志である一人のインテリ青年にすぎないのだった。」インテリ青年李中道の指導を得て労働者たちは大会を開き、抗議の決議を満場一致の拍手で通過させ、デモをすることを決めた。

　このように、徐立松一家をはじめとして、農村の貧しい生活に我慢できなくなって労働者になった人々はついに帝国主義資本の欺瞞と搾取に堪えられなくなり、虐げられた者の反抗を始めたのである。ちなみに、炭坑の話はおよそ中西伊之助が朝鮮に行ったとき記者として観察していた日本人が経営する朝鮮の炭坑の素材を生かした話であると考えられる。今回の経営者を日本人ではなく、イギリス人にしたのは、小説が刊行された一九三五年に日本とイギリスの関係がすでに悪くなり、直接日本人を登場させるよりも、イギリス人を登場させたほうが、政府の目を盗むのに便利なためであろう。

　この徐立松はのち炭坑を離れて軍隊に入った。王国珍の軍隊は昔は強制徴兵を通して新しい兵員を獲得していたが、「この頃のように都会に失業者が溢れ、農村に窮民が多くなっては、今までとは全く趣が異って来た。彼等は衣食住にありつけばそれで十分なのだ。乞食になるか、馬賊になるか兵士になるか、それより以外に彼等の生きる道はなかった。」という状況の中で、兵士になりたがっている貧しい人びとが毎日兵士募集所に雪崩のように押し寄せてきた。しかし、兵士になって本当に生きる道を得たかといえば、事実はまったく違っていた。増兵と外国から軍需品を購入するのにお金を使い尽くした王国珍政府は兵士に五ヶ月も給料を払わなかった。兵士たちはほとんどみんなわずかな給料を田舎に送金して一家の生活を維持していたが、給料をもらえなくなると、田舎にいる老いた両親や幼い弟妹が餓死するに決まっている。そういう状況のなかで、下級兵士の不満がどんどん募ってきていた。

このときも王国珍は巧みに兵士たちの不満を省民の不納税に帰して自分の責任を逃れた。しかしかつて炭坑の労働争議に参加した経験のある徐立松はそれを見抜いて、「省民が税金を納めねえから給料が支払えぬなんて勝手な御託を信じて兵変なんか起そうてえ奴は天下の大馬鹿者さ。」といって、ほかの兵士を諭したが、洗城令(10)を期待している兵士たちは徐の言葉を聞こうともしなかった。

六ヶ月目にやっと給料が支払われたが、それは王国珍の省政府が勝手に印刷した省票で、流通できない貨幣だった。兵士たちはこの省票を田舎に送金することはできなかった。一方、王国珍政府はどんどん地方から物産を強制徴発して、それを外国に売りさばいて国際流通貨幣を手に入れている。

事ここまでに至っては、もう兵士たちも我慢できなくなり、今にも兵乱を起こそうとする状態になったのである。

このように、農村では、重税と外国資本の侵入で中農が貧農になって、貧農は生きる道を失ったばかりでなく、王の暴虐な独裁政治のもとで合法的な上達の道も失われた。馬海と大宝の女房を代表とする農民の先覚者たちは抗捐運動を組織して、農民一揆を起こそうとしている。炭坑のほうでは、イギリス人に欺瞞され、搾取された労働者の遺族たちが代表を選んで大会を開き、デモの決議を通過させた。また、兵隊のほうでも給料不支払いと流通できない省票しかもらわなかったため下級兵士の不満と怒りがどんどん大きくなってきた。農・工・兵の三者はいずれも軍閥の独裁政治と外国資本の圧迫に我慢できなくなったのである。

労働大衆の反抗がこれから軍閥の統治を根底から打ち倒すことは予測できよう。中西伊之助は農民と労働者と兵士の悲惨な境遇を描き、彼らの反抗の目覚めを描くことを通して、軍閥政治に苦しめられる中国の労農大衆の苦しみを明らかにし、プロレタリアの階級解放の意識に目覚めつつあった彼らの反抗を躍動的に描き、日本人作家として如実に中国の革命的な動きを描き出すことに成功したのである。

三　搾取構造の危機と崩壊

軍閥王国珍を頂点とし、農民と労働者と兵士を下層部とする搾取構造は後者の反抗と動乱によってとうとう危機に面するようになった。

まず、一番組織性のある労働者のほうはイギリス資本家に抗議するためにデモを起こした。「一万数千の労働者達は彼等の住宅に最も近いＫＳ——坑の前の大広場に集った。」近代工業に従事している間、労働者たちはいつもお互いに協力しながら仕事をしていた。その近代的な労働を通して彼らは組織的になり、お互いの強い連帯を作り上げていた。それは彼らの組織性を形成し、労働運動が起こる基礎をなしたのである。「そこへなにか明るいものがやってきた。——今までの様に心にもないお互い同士の争いでなく、お互い同士が一団となって腕を組み、今まで全く気のつかなかった大きいものに日頃の不平を打っつけてゆく清々しい運動というものが彼等を無性に感激させ、興奮させ、歓喜させたのである。」ここでいう「明るいもの」とは労働者の階級解放の希望であり、「清々しい運動」とは労働者が強い階級的連帯感によって結ばれた組織をもって今まで彼らの血を吸い、彼らを死地に追い込んだ帝国主義資本への反抗運動であると考えられよう。このように、中西伊之助は労働者階級の立場に立って、帝国主義に反抗しようとする中国の労働者の大規模な組織的な階級運動を力強い筆調で描いたのである。

この労働者運動を鎮圧するために、王政府はイギリス人の軍隊を出動させた。「折敷の姿勢を取った彼等は、無造作に一斉射撃を開始した。彼等の肩のあたりに淡い硝煙が棚引くと、パチパチと音がした。先頭に立っていた五六名の執行委員その他のものは抱き合うようにして仆れた。」ここで明らかにされたのは帝国主義と王国珍政府との結合である。

王政府は一方では外国を警戒し、国境を守るのを口実に省民に重税を課しながら、もう一方では外国の資本家と手を結んで労働者をはじめとする省民を圧迫しているのである。破廉恥なエゴイストである王は、お金を儲けて自分の勢力を拡大するために、中国人としての愛国心を毛筋ほども持っていず、人民を搾取するために、ありとあらゆる卑劣な手段を使い尽くした。

労働者の反抗はイギリス人の軍隊によって潰されたにもかかわらず、それは密かな火種となって、徐立松のような青年の心に階級解放と植民地解放の理念を吹き込み、のちの彼らを中心とする、王国珍政権を倒す兵士の反抗運動に直結していったのである。

給料不払いと省票に騙された兵士たちは連隊から脱出し、町へ押し込み、略奪をし始めた。「今度の兵変は今迄にないとても大規模なものだった。それは罷免された一人である旅長が計画的に煽動したもので、この一挙で王軍長を根底から失脚せしめようという魂胆だった。」旅長という罷免された将校に意図的に利用されたにせよ、兵士が起こした動乱は兵隊を生命線とした王の統治を根底から掻き乱し、その力を大きく弱めた。

兵乱は街から田舎へ拡大していった。馬順福一家と大宝一家のある村に兵士が押し寄せたとき、例の大宝の女房は給料不払いが省民の不納税のせいだと王政府の宣伝を信じ込んだ兵士たちに向かって、税金の収まらない理由を説いて聞かせた。そして「お前えたちも田舎で生まれたんじゃねえのけえ、それならなんでもわかるだ。あんまり百姓を虐めると後生がよくねえだぞオ」といって、兵士と田舎の貧しい百姓との階級的連帯感を素朴な言葉で述べた。徐立松をはじめとする一部の兵士はその言葉を聞き入れて撤退したが、ヤクザあがりの兵士たちは依然として村民を襲い、財物を略奪し、大規模な兵乱を起こしたのである。

大宝の女房のような素朴な階級意識を持つ農民と徐立松のような労働者あがりの兵士の先覚者は自然発生的な連帯意識に目覚めたが、それはほかの大部分の兵士の略奪行為を阻止することができなかった。「街道を越えて村の入口まで来ると、畑中には村の老若男女の累々たる死骸と、その死骸に縋りついて慟哭する家族たちを取りかこんで憤り、呪い、罵り、喚く群衆で一ぱいだった。その群衆は大宝の女房の村の人々ばかりでなく、この近在一帯の村々の劫掠、暴行を受けた人々だった。街道へ運び出された屋財家財は大宝の女房の村だけのものではないのがわかった。」

事態がここまで進展してくるとき、軍閥王国珍の政権は根底から崩れ始めた。労働者のデモはイギリス人の軍隊に鎮圧され、兵乱は農民を略奪するように向かわせられ、そして農民の県民代表会は兵乱によって中止させられてしまって、労働者と農民と兵士の反抗はそれぞれ違う形で挫折してしまったが、しかし、それにもかかわらず、軍隊を利用して農民を圧迫したうえに、外国資本に依存して労働者と農民を残酷に搾取した王政権の基礎は炭坑と農民の動乱によって潰されてしまったのである。重税を課そうとしても徴税される対象がなくなり、財物を略奪しようとしても利用できるような力はなくなったのである。こういった逼迫した状況の中で、王政権はもはや維持できなくなったといってもよかろう。

そして、小説の最後にある若者が登場して農民を連れてどこかへ向かって出発した。この若者はどこから来た者か、またどんな背景を持つ者かについての説明は一切なかった。ただその外見について「そこへよれよれの掛子や褲子をまとって百姓の穿く草鞋を穿いた若者が群衆を押し分けて出た。彼の頭は半分ばかり汚い手拭みたいなもので繃帯していた。目に一くせありそうな、背の高い、肩幅の広い、頬のあたりに薄い無精髭の生えたがっしりした体格だった。」と書いてあった。若者は外見から見ればよく肉体労働に慣れた堅実で力強くて勇ましい人である。これは中国共産党のリーダーによく見られる風貌だ。『軍閥』という作品が書かれた一九三五年といえば日本政府の言論統制がどんどん厳しくなったため、直接中国共産党員を登場させたら作品全体が発売禁止になるのであろう。中西伊之助はこの若者の実際の身分を隠して、彼を謎の人物として突然登場させたのはそのためだと考えられる。

この若者はたくさんの人を連れてきて農民を苦難から救い出した。そして最後に若者は高いところに登って農民に向かって、「諸君は勇ましい戦士である！　北から村を広げるか、南から村を広げるか、それはそのときどきの戦況によって決定せられる。諸君はいま一方の陣地を退いて、他の一方の陣地より戦うのである！　退却ではなくて迂回である！」と叫んだ。若者は農民たちを連れてどこかへ向かって出発した。これは軍閥の統治下から抜け出して、中国共産党の指導のもとで、新しい根拠地を開き、労働者と農民の政権を建てるための出発である。

「白々と冬の夜が明け初めた。藍衣の群衆は動き出した。力強い第一歩が大地に響いた。偉大なる発端！　虐げられたるものにのみ与えられた素晴らしい飛躍！　蹂み躙られた麦が明日のために地軸へ伸ばす生命の突喊！」中西伊之助は具体的な群衆の動きもその目的地も明記しなかったが、彼らの向かっていくところは軍閥政治のない素晴らしくて明るいところであり、そこには虐げられたものの政権があり、労農大衆の自由があることをはっきりと書いたのである。それから、小説の最後に「赭土の胸にはもう雑草の芽が息吹きを初めている。やがて春は南から光をささげて近づくであろう。」という明るいエンディングが書かれている。王の軍閥政権は中国の東北地方にあるので、その南から射されてきた光というのは中国共産党の本拠地である延安[11]からの影響と考えられよう。しかも「赭土」とは延安のある黄土高原特有の赤色の土でもあれば、中国共産党の赤い党旗でもあろう。

このように謎的な人物である若者の登場によって、農民たちは王政権の統治下を脱出して労農大衆の独立政権のあるところに向かって出発した。若者の出現と農民の脱出は王国珍の軍閥政権の終わりを告げたのである。

第三節　おわりに

中西伊之助の『軍閥』は正面から中国の軍閥の残酷な独裁政治を描き、軍閥と帝国主義がいっしょになって農民、労働者、兵士に多大な苦難をもたらしたことを暴き、農民、労働者、兵士の反抗を躍動的に描出し、そのうえ、最後に労農大衆の独立政権の樹立を暗示していた。

この作品は次のような特徴を持っている。

まず、中国の内部視点に立つことである。中西伊之助は大手商社の日本人を二回登場させたが、彼らをあくまでも客体として描き、作品のメインラインから逸らしている。炭坑経営者のイギリス人とイギリス軍隊の登場もあったが、それは中国人労働者と兵士の対立面にあるものである。日本人とイギリス人を対象化したと同時に、中西は終始中国人労農大衆の視点に立って、軍閥独裁者の王を批判し、労働者と農民と下級兵士の苦しみを描き、彼らの反抗を感動をもって描出したのである。かつて平林たい子も『敷設列車』において中国人労働者の革命的な動きを描いたが、しかしその視点は絶えず日本人と中国人の間を行き来し、完全な中国人の立場に立つことはできなかった。また、里村欣三も『動乱』と『兵乱』の両作において戦乱時代の中国の都会の労働運動と農村の騒乱を描いたことはあったが、それは日本の都会と農村を底本にしたもので、中国に対する真の理解を示さなかった。この点からいえば、しっかりとした資料調査にもとづいて、完全に中国の労農大衆の立場に立って、一九三〇年代初頭の中国の軍閥政治を真実的に描出した中西伊之助の『軍閥』はまさしく傑作といえよう。

それから、構想の宏大なことである。中西伊之助は搾取構造の頂点に立つ軍閥王国珍と、王と手を結ぶ日本やイギリスをはじめとする諸帝国主義を描いたと同時に、搾取構造の下層部をなした農民、労働者、下級兵士をも生き生きと描いた。王の豪華な省政府事務室から、わずかな芋類しかない貧農家のみすぼらしい厨房まで、大きな構図の中に詳しい細部描写を施し、中心人物とその周辺の大衆という点と線の交錯を通して、戦乱時代の中国の軍閥政治下の人間地獄図を描き出したのである。

また、中西伊之助は作品における搾取構造を固定的なものとしてでなく、絶えず変動して崩壊に傾いていく動的なものとして描いた。重税と農産物の価格暴落に追い詰められた農村では抗捐運動が起こり、イギリスの資本家に騙された炭坑労働者の遺族の間ではデモ運動が醸され、兵隊の内部では給料不支払いのため下級兵士の騒動が生じつつあった。最後に中国共産党員と思われる若者の登場によって農民をはじめとする大衆は王の統治下を脱出して、王政権を空洞化した抜け殻にしたのである。この変化の裏には労働大衆の自然発生的な反抗があり、中国共産党の革命的な動きも読み取れる。しかもそれはプロレタリア文学によくある図式的なものではなく、労農大衆の生活についてのこまかな描写の入ったものであった。

最後に、中西伊之助は中国語的な表現をそのまま文章に使ったことも注意すべきである。特に中国語の固有名詞をそのまま訳さずに日本語として使うことが多い。例えば上述の引用文の中にも「褂子」（襟のある上着）や「褲子」（ズボン）といった衣類を表示する言葉や、「担」という中国の計量単位や、「洗城令」という中国特有の軍事用語や、「抗捐運動」の「捐」のような日本語にない言葉を使ったりする。このような中国語的な表現を頻繁に使うことは作品を、今の日本人読者にとってあるいは読みにくいものにしたかもしれないが、しかし、この作品が刊行された当時、対外拡張侵略に伴って日本人の中国に対する関心が高まっていた時代背景を考えれば、それほど難解な文章ではなかったかもしれない。それよりも、中国語的な日本語表現は作品の中国人視点をいっそう鮮明にし、かえって迫力あるものにしたといえよう。

　このように、『軍閥』は中国人の内部視点を獲得した宏大な構想を持つ大作である。『軍閥』という作品も、その作者の中西伊之助という作家も、これからもっともっと評価されるべきだと考えられる。

（1）中西伊之助：「愛読者への履歴書」『新興文学全集　第2巻』平凡社、一九二八年。以下同作の引用は頁と出典を表示しないことにする。
（2）小林茂夫：「解説」『日本プロレタリア文学集・6　中西伊之助』新日本出版社、一九八五年。
（3）川村湊：「プロレタリア文学のなかの民族問題」『国文学：解釈と鑑賞』二〇一〇年四月。
（4）中西伊之助：「自序」『軍閥』実践社、一九三五年。以下同作の引用は頁と出典を表示しないことにする。
（5）中西伊之助：『軍閥』実践社、一九三五年。以下同作の引用は頁と出典を表示しないことにする。
（6）担は中国の計量単位で、一担は約五〇キログラムである。
（7）民国七年は一九一八年である。
（8）「捐」とは中国語で寄付という意味で、よく「捐銭」など「献金」の意味として使われる。ここでは寄付の名目で強制的に徴税することを指している。
（9）「少爺」とはお金持ちの息子の意味であるが、ここでは中農馬家の息子馬海のことを指している。
（10）古代のとき中国で町を陥落させたあと、兵士をねぎらうために出された、勝手に財物と女を略奪することを許す命令。

（11）今の中国陝西省にある都市、東北地方の西南のほうにある。

第五章　林房雄と中国

林房雄（一九〇三―一九七五）はプロレタリア作家として有名だったが、一九三二年から一九三四年の間に転向し、一九三七年日中事変後、頻繁に中国に渡り、上海、満洲、北京、南京を舞台とした数々の作品を残した。また、戦後の一九四六年から一九四九年の間に中国体験をもとに短編小説を書き、いわゆる「大理想」の破滅に哀歌をささげた。一九六〇年代初頭一時世間を騒がせた『大東亜戦争肯定論』においても中国体験と新中国に関する内容に少なからず言及したのである。

林房雄が描いた「中国」はイデオロギーの隠喩に満ちた幻想空間であり、侵略戦争を通して「アジアは一つ」をスローガンとする「アジア復興」の理想を物語るための舞台である。「本土」日本との対置の中で、「中国」は戦火を浴びる海外植民地から、五族協和の理想国へ、また頽廃美に満ちた廃都へと絶えず書き直されたのである。

第一節　「廃都」北京

一九二六年春陽堂出版の『文壇新人叢書　第3篇』が林房雄の初期作品を収録し、中には林房雄の処女作、一〇の場面から成り立つ短編小説『絵のない絵本』が入っている。小説には世界を俯瞰する全知全能の「お月様」が設置され、この「お月様」は北京、ベルリン、東京など世界の一〇の大都市をめぐり、一〇夜に渡って、社会の不公平を見尽くした。その第一夜は北京である。

「北京の屋根は、その金色の鱗で静に陽の光を映りかえし、背中に大きな角をもった長い城壁は、太古の動物のように、厳重に都を護っていました。[1]」「金色の鱗」は古い都である北京の豪奢を物語り、「太古の動物」は北京の歴史の長さを象徴している。その後、「お月様」は相槌役にあたる「僕」に北京で見たことを話した。「五台の馬車と三百人の参列者――壮麗な支那の葬列です。（中略）金と漆で飾られた柩車の中には、艶かな絹に包まれて、貴い香料を塗られて（中略）老いぼれた犬の死体があったのです。」その犬の飼い主はある豪商だった。豪華な葬列と絹と香料に包まれた犬の死体は豪商を代表とする資産階級に対する批判だと考えられる。しかも、葬主の商人がしきりに政府の大官と犬の話を囁く場面があり、官商一体の腐敗政治が暗示されている。

一九二〇年代の中国は清朝が滅亡し、諸外国の勢力が侵入してきただけではなく、各地に軍閥が割拠していて、資産階級を代表する国民党と無産階級を代表する共産党が勢力を拡大しつつ、全国が動乱と不安の中で喘いでいた。それにもかかわらず、豪商は犬のために豪奢な葬式をあげ、その葬列に政府の大官まで顔を出した。プロレタリア作家として出発した当時の林房雄はこんな画面を通して社会の不公平を指摘し、豪商と高官を代表とする権力者の強欲を批判したのである。そのうえ、北京の話の終わりに例の「お月様」が「如何にも支那らしい話だと言うのですか？　いいえ、私は世界の名高い国々で、よくこんな葬式を見うけます。」と語る。階級的不公平と政治の腐敗は全世界の普遍現象だと、林房雄が指摘しようとしていた。

『絵のない絵本』は林房雄のプロレタリア作家としての処女作であり、マルクス主義の階級意識とプロレタリア・インターナショナリズムの影響がはっきりと読み取れる作品であるが、金色の鱗と古い城壁と豪奢な葬列によって構築された豪華と頽廃と妙な支那趣味をあわせ持つ「廃都」北京のイメージは、林房雄の戦中戦後の作品にもそのまま受け継がれていったのである。

一九四二年一月から五月の間、前年満洲に行ってきた林房雄は、満洲を離れて北京に移住した多くの「建国志士」に面会して「満洲建国記」の取材をするためにしばらく北京に滞在していた。当時の北京はすでに日本占領地となり、国破れて家亡ぶという頽廃的な雰囲気に包まれていた。一方、先祖の時代から無為徒食の遊蕩生活に甘んじる「北京っ子」と呼ばれる清朝遺民は依然として釣りを楽しんだりしている。その絶望の深淵に陥った時の諦観のような享楽ぶりに文学的興味を呼び起こされ、林房雄は『公論』の一九四二年八月号と九月号に二回に渡って『随想北京』を発表した。

「『どうです、北京の印象は？』と聞かれて、『そうですね芥川龍之介や谷崎潤一郎の支那遊記の時代に北京に来たのとちがいますからね。なにしろ、この雲が晴れてくれなければ……』」(2) 谷崎潤一郎の北京行は一九一八年で、芥川龍之介は一九二一年だった。当時の北京は外国勢力に浸透されていたにもかかわらず、少なくとも表面的に独立国である袁世凱政府の首都であった。甲高い音調と華麗な舞台で有名な京劇や豪華きわまる「満漢全席」の北京料理は谷崎と芥川の北京遊記に華々しく描かれている。しかし、林房雄が北京に行った一九四二年となれば、国民党の蒋介石政権が重慶を臨都とし、日本の支持に頼る汪兆銘政権が首都を南京に遷したと同時に、経済の中心は多国の租界がおかれた上海であったため、北京は沈黙した没落貴族だけ残された廃都となったのである。

北京に滞在していた間、妻と同行した林房雄は仕事以外の時間に中国の没落貴族といっしょに昆明湖で釣りをしたり、北京の古い町を回ったりしていた。北京の頽廃的な雰囲気を身をもって感じた一方、日本人と中国人の間で大活躍し、日本軍国主義政府が宣伝した「大東亜連盟」や「満洲建国」などを大いに鼓吹したのである。

北京を占領した日本と中国の関係について、林は中国人の亡国の苦痛を知りながらも、中国人も日本人もどのように「正しい」日中関係を構築すればいいかという問題をめぐり、

「北京の日本人は、日本人が北京を墜落させたと申して反省し、北京の支那人は日本人が北京を日本化したと言って憤慨している。どっちも、慌てた進歩主義であり合理主義である。もっと、お互いに落着いて、『事物の本質』を眺めかえす必要がある。」と主張したが、「事物の本質」とは林がずっと主張し続けてきた「大東亜連盟」であり、日本が発動した侵略戦争の正しさだと考えられる。

北京でよく中国人か朝鮮人に間違えられたりしたことについて、林房雄の感想は「眼の青い西洋人には、こんな芸当はできまい。間違われたくても、間違えてくれまい。たとえ『同文同種』が学問的に否定されても、日本と支那とは運命的に兄弟なのであるまいか。この運命的事実は、中国側の最も『抗日的』な青年さえも認めている。ただ、現在までの日本の対支政策では手を握ろうにも握れないじゃないかと、彼等は怒っているのである。(3)」ここではっきりわかることは、林房雄が日本の中国侵略を原則的に認めているという事実である。彼は「満洲建国記」のための取材にあたって、満洲国の実情と建国理想との間に食い違いがあり、それで失望していたにもかかわらず、原則として日本をアジアの指導者に仕立てることに賛成で、そのために中国を侵略するのも正当だと考えている。林房雄が否定するのは欧米式の「進歩主義」と「合理主義」に影響された日本の性急で功利的な対中国政策であり、ひいては欧米に倣う日本の近代化そのものではなかろうか。

一方、中国人を自分の友とし、同じアジアの兄弟と見ている林は、いわゆる支那趣味ばかりに憧れて現実の中国を無視し、中国人を蔑む芥川とも、中国女性のエキゾチックな美貌に心を奪われ、中国の山水と美食に享楽の極致を見出そうとする谷崎とも、根本的に違う。林房雄はあまり中国人の悪口をいわない日本作家の一人である。林には「アジアは一つ」というスローガンをそのまま信じ込み、一方的な熱情に駆られ、この「大理想」を中国の現実に見出そうと努め、自分の意に沿わない中国の現実的で醜い面を故意に隠そうとする好意的な、あるいは天真爛漫な一面があると思われる。この好意、この一途な信仰は、ある意味で馬鹿らしく見えるかもしれないが、しかしこれこそ林房雄の文学的魅力であり、また彼がさんざん批判された原因でもあるのではなかろうか。

要するに林房雄によって描かれた一九四二年の北京は、日本の間違った対中国政策の産物で、頽廃的な情緒に包まれた廃都であり、また彼に「大東亜」とは一体何であるかを考えさせた政治空間であった。

敗戦後、空虚と失意の中に陥った林房雄はもう一度北京を思い出し、戦時中の北京体験をもとに、『北京の壺』と『香妃の妹』という二篇の短編小説を書いた。

『北京の壺』の主人公水原は若い時に左翼運動に走った人であった。「大正の末年、あの大震災を中にはさんだ十年間は、近代日本の『青春期』であったかもしれぬ。青年達は既成の権威の一切を認めず、伝統を否定し、俗世間を軽蔑し、革命の夢と芸術への憧れに胸をふくらませ、熱病患者のように生活していた。[4]」水原はある程度林房雄自身と同じ運命の人であるが、「熱病患者」という比喩の中に林房雄がプロレタリア運動に参加していた自分自身の青春時代を投映していると思われる。『文学的回想』をはじめとする多くの随筆の中でも、林房雄は自分のプロレタリア作家時代を否定し、それを「狂信の時代[5]」と呼んでいた。

この水原は北京の頽廃美に心を惹かれ、毎年北京に必ず来るような画家で、「この巨大な廃都の風と光、如何なる冷笑家も否定できない古怪な魂麗さを畫布にとらえ、その労作の苦と楽を、ホテルの部屋でひとり傾ける汾陽の美酒の盃に融かし去れば、旅の目的は終るのだ。」水原は北京を破滅型の性格を持つ廃都と見なし、そこで芸術的霊感を探していたが、老周という北京の骨董商から手に入れた唐三彩の壺は結局偽物だとわかり、それは彼自身の青春時代と同じように何の意味もない嘘であったとがっかりしたのである。水原が廃都北京で感じた頽廃的な情緒と偽物の壺に暗示された虚しさは林自身の戦時中における大活躍が水の泡でしかなかったことを物語ったのであろう。

廃都北京に対する深い想念は『北京の壺』と同作品集に収められた『香妃の妹』にも描かれていた。この作品も日本占領下の北京を舞台とし、一人称の主人公、北京に短期滞在の日本文化人「私」と荘という中国友人の二人が、中国で名高い美人、清朝の乾隆皇帝の寵妃「香妃」およびその妹と自称する遊女とのはかない恋の物語を描いたが、主人公の日本文化人は廃都北京の頽廃的な雰囲気に溺れ、それを自分の精神の憩いの場所としていた。冒頭には「北京もまた、私にとって、『失われた都』の一つである。私の北京は、もう梅原龍三郎の画集の中にしか存在しない。私はもう二度とこの壮大な廃都の土を踏むことはあるまい。」(6)と断っておく。「壮大な廃都」北京の末日的な淫靡に満ちた空気と、林房雄が戦後の失意の中で華やかな昔の生活を思い出した時に特有な文人的頽廃趣味が上手に合流し、中国人の遊女とのはかない恋に耽溺して海外植民地で送った荒唐無稽な日々が思い出され、それが廃都北京と頽廃に陥る作者自身の姿と重なったのである。

「楽しかった北京の日々よ。私にはお前の微笑の意味が解る。現実の北京は黄塵と戦争の中に埋れて、白茶けて薄汚れた廃都であった。だが、お前と私は蓮花白酒の魔力を借りて、望むときには何時でも、昔日の北京の豪華を二人の夢想の中に再現することができた。君の薄汚れた香妃はそのまま乾隆帝の香妃であり、私の痩っぽちの小美玉は香妃よりも美しい回教国の王女であった。」遊女の香妃もその妹も無論偽物である。それと同じように、故郷の北京を日本に占領された「友人」荘と、戦後になって戦時中の一時的な繁華ぶりが夢となって跡形もなく消えていった林房雄自身が「蓮花白酒の魔力を借りて」はじめて見ていた昔の北京も偽物でしかなかった。

結局、北京にいた日々も、北京という都そのものも、林房雄にとって、二度と戻ってこない幻想であり、敗戦後の失意の中にいる彼自身の映像となってしまったのである。

このように、林房雄にとって北京は、プロレタリア作家時代には不公平な資本主義社会を批判するために存在していた政治空間であり、戦時中には芸術的な頽廃美に満ちていると同時に「大東亜」の理想を物語る芸術と政治が錯綜する舞台であり、また戦後には失意の中にいる彼自身の昔を懐かしむ幻想空間であった。

第二節　「東亜の象徴」上海

上海事変が起こったのは一九三七年八月だったが、林房雄が『中央公論』の記者として上海に着いたのは当月の二九日である。上海に約三ヶ月滞在していた。その間、「上海戦線」「飛行場訪問」「上海警備日記」「上海戦線の女性たち」といった一列の訪問記を発表し、同年一二月春秋社によって『戦争の横顔：文学者は戦線で何を見たか』という単行本を出版したのである。この一九三七年の上海行が林房雄の初の中国体験である。

林房雄が描いた上海は戦火を浴びる都市で、芥川龍之介、谷崎潤一郎、村松梢風、横光利一等が見た淫靡と享楽と多大な金力を持つ「魔都」上海と大きく違って、日本の戦争文学における上海像の始まりとなっている。

上海事変を起こして、日本軍は迅速に上海を占領したが、中国国民党の軍隊が上海を砲撃して攻め込もうとしていた。いつか町内にも戦火があがるのではないかという緊張感が上海に満ちていた。「上海に来て今日で一週間目です。だが、まるで一ヶ月も暮したような気がしています。事件に満ちた昼と夜が悪夢のように続きます。生れも育ちも内地日本人の僕にとっては、すべてが新しい経験です。」(7) これは林房雄が上海についての初印象である。戦時中の戒厳令で林房雄が上海にいた間、活動範囲はほぼ日本軍隊に厳重に守られていた日本人居留地に限られていたため、彼が見たのは戦争に備える姿勢を整え、緊張した日々を送っていた日本人居留民の上海であった。

「戦争」という特殊な時期に特殊な活動範囲、それに特殊な緊張感、林房雄の上海はおのずから日本が上海事変を発動した直後のイデオロギッシュな上海となってしまったのである。林房雄自身の言葉を借りていえば、「日本知識階級の病弊であった虚無主義と悲観主義が戦線の実相を見るに及んで、殆んど例外なく清算されていることだ。日本への愛情と日本人への使命感に目覚めていることだ。」「日本への愛情と日本人への使命感」というのはのちの戦争中の林房雄の作品と照らし合わせて考えれば、そのまま国家主義と民族主義であり、日本の軍国主義に直結していると理解してよかろう。なお、林房雄が描いた上海にいる日本人像と中国人像を照合すればそれがもっとはっきりしてくる。

日本人居留民は男女を問わず戦火に脅かされていても平然と働き、いつでも武器を取り上げて戦う準備を整えていて、日本の軍人は全部理想のために戦う正義の勇士として描かれていた。「どの軍人に会っても、近くは東洋平和、遠くは地球平和を理想として持っていない人は一人もありません。」林房雄が固執したアジア主義、戦争を通してこそ平和が成り立つという主張はこの一九三七年の上海記ですでにその原型が成り立っているのである。

一方、自分の国が侵略軍に犯されても平然と侵略軍に雇われてお金を稼ぐ中国人は林房雄の目にまったく不思議な民衆として映っていた。「なんともいえぬ奇妙な気持になりました。支那とは何物であろう？　橋の上の密偵といい、ホテルのボーイどもといい、あの女たちといい、街上の無感覚な群集といい、――いったい支那とは何物なのだろう。」お金のために愛国心と民族的自尊心をまったく忘れてしまうような中国人は上海にいる日本人と好対照となっている。じつは中国人のこのような「金銭至上主義」の性格は早く一八九四年の日清戦争の時に国木田独歩の『愛弟通信』をはじめ、林房雄の上海記と同じ一九三七年のことを書いた里村欣三の『第二の人生　第一部　津浦戦線』といった日本人作家の中国戦争に関する作品に多く描かれている。屈辱を我慢しても生きたい中国人と、失敗すれば割腹してしまう日本人との、民族性格の根本的な違いがそこに見られるが、あくまでもアジア諸民族が団結して欧米に対抗すべきだと主張する林房雄は『戦争の横顔』で中国人を不思議がっていた以外に、中国人を悪く描くことはあまりなかった。

『戦争の横顔』の最後に「筆をとって日本の光栄のために戦うのだ。祖国日本が僕に筆を捨てよと命ずるその日までは。」と書いてあるが、その言葉どおり、上海から帰国後、林房雄はすぐ国策文学の創作に励んだ。その嚆矢にあたるのは、事変一周年を記念するために創作した映画の脚本『漢奸の娘』である。

「映画は次第に商業の手段たることをやめ、人間即ち国民の目的に奉仕しはじめる。このとき始めて、映画はその文化性を回復する。（中略）私の映画への関心と愛情は、日本映画のこの方向に対して生れた。」(8)と、林房雄は自分の映画脚本創作を始めた原因を述べたが、問題は「この方向」とはどんな方向か。これに対して、林房雄自身の言葉を借りて答えれば、「今日の隆んなる日本をもたらし、現に支那事変に於ける将兵の輝しい英雄性の基礎となっている健康性が看過され無視されている。」ので、それとは逆の、いわゆる日本将兵の「英雄性」と「健康性」を大いに宣伝する方向であろう。いいかえれば、林房雄が創作しようとする映画は事変を記念するためのものであって、日本軍隊の健康な英雄性を歌いあげ、日本国民の関心を国家的な戦争行為に導いていくためのものであり、まさしく国策文学そのものである。

『漢奸の娘』は上海を舞台とした作品である。主人公の「漢奸」は若い時に日本に留学し、孫中山と親交があった呉徳明という人物である。呉は日本のいわゆる「大陸政策」に賛成し、日本の上海占領を擁護するため、抗日派から「漢奸」と呼ばれた。その娘の素琴は日中混血児で、まさに「お前の美しい姿こそ、未来のアジアの姿だ。アジアは一つだ。」(9)という呉徳明の言葉のように、アジア一体の具現である。この素琴は同じ「大理想」を持つ日本人、東亜通信の通信員橘桂一郎と知り合って、愛し合うようになった。二人の精神と肉体の結合は日本と中国の一体化を物語り、「アジアは一つ」というメタファーを現実空間において実現したものである。

『漢奸の娘』は林房雄の政治的立場をきわめて鮮明に表明した完全な国策文学である。かつて『戦争の横顔』にまだ残留していた戦争に対する恐怖心も私的感情にもとづく思慮も消えてしまい、日本の中国侵略をはじめとする「大陸政策」を擁護し、日本を「指導者」とする「大東亜連盟」を最高理念として躊躇なく追い求めていた。『戦争の横顔』よりも、『漢奸の娘』において、上海はもっと徹底的にイデオロギッシュな空間になってしまったのである。

林房雄は一九四二年にも日本文学報国会の派遣で上海を訪れ、しばらく滞在していた。その間、国民党のある高官の娘との恋愛事件がうわさとなって、「誰かの秘書だった彼女と彼（林房雄）が深い間柄になったとき、一緒に行っていた繁子夫人が、ホテルで腕の動脈を切って自殺を謀った。[10]」平林たい子の記憶は不確かなところがあるかもしれないが、林房雄が中国の日本占領区で日中両国の文人にもてはやされ、大活躍したことは中国でもよく知られることである。

一九三〇年代初頭の『青年』時代からすでに転向の兆しが見え、一九三七年の上海事変のときから日本の中国侵略を支持し、国策文学を創作し始めた林房雄は、一九四〇年代の日本占領下の上海で、親日派の中国文人から「左翼作家」として中国の文化界に紹介されていたのはいかにも興味深いことである。たとえば、上海作家代表として日本で催された大東亜文学者大会に二度も顔を出した柳雨生という人は一九四四年の「林房雄」という文章の中で「彼（林房雄）の作品の内容は、労働者大衆の苦痛と社会の暗黒と不良な生活に対する指摘によって満たされている。[11]」と書いたといわれている。中国で積極的に文化活動に参加し、しかも「酒豪」と呼ばれるほどお酒もよく飲むような林房雄は中国の親日文人の間で結構人気を博したらしい。ほぼ同時期に銭錦珊の「お酒を飲んだ林房雄」（『中華日報』一九四三年二月二二日）、簫凌の「林房雄印象記」（『華北作家月報』一九四三年一一月）など、林房雄の人物記を書いた中国文人の文章が数篇あった。上海における林房雄の活躍ぶりは想像できよう。「その間に彼（林房雄）は（中略）侵略戦争宣伝煽動のための数々の悪質きわまる作品をかいて、軍部や侵略資本家からしこたま金を貰った。およそ濫作。濫酒。濫淫。これが戦争中の林房雄の生活であった。[12]」というように、日本の文学界でも林の戦時中の荒唐無稽な生活ぶりがよく知られていると思われる。

その間、林房雄の作品『青年』『鉄窓の花』『都会双曲線』などが親日の中国文人張庸吾、高汝鴻、適夷らによって中国語に翻訳され、上海三通書局、太平書局をはじめとする上海の有名な出版社で出版された。「林房雄といえば、中国の読者の間で、本国の作家と同じように熟知されている。[13]」と、その訳本のまえがきにおいて紹介された。また、林自身も「新中国文学の動向」（『中国文芸』一九四三年九月号）、「中国新文化運動偶感」（『中国文芸』一九四三年一一月号）をはじめとする中国の文学、文化に対する調査と感想を発表した。このように、林房雄は上海の文化界で屈指の有名な日本文化人となったのである。

この大活躍の時代について、林房雄はのちほど『大東亜戦争肯定論』の中で「私は満洲国と汪兆銘政権につながりのなかったことを誇りにしたり、それで自分の戦争中の『政治的潔白』を証明しようなどと思っているのではない。ただ事実を述べているだけだ。[14]」と述べ、自分の言動はすべて「大東亜戦争」の正しさを信じることから生まれたもので、政治権力と関係がないと強調した。林房雄が国策文学を創作したのも、大東亜文学者大会に出席したのも、たしかに彼自身の信じる「大東亜」の理想によるものかもしれない。ただし、それがたまたま当時の日本の国策と一致したため、かつてのプロレタリア作家時代、政府の政策との乖離で、監獄に入れられたり、貧苦に苦しめられたりしたのとは逆に、戦争中の林房雄こそ、現実と理想とのハーモニーで舞い上がっていたのである。まさに三島由紀夫がいったように「氏（林房雄）の内的な無意識な予見は、今まで氏の夢見ていた革命的現実の崩壊のあとを承けて、日本の現実が、上ずった異様な夢の姿を真似しはじめる時代、氏がかつて存在しない現実を夢みたところに、今度は、現実そのものが夢の形をとって歪みだす時代、そういう時代を見ていたにちがいない。」(15)

その意味において、上海は林房雄の「上ずった異様な夢の姿」を呈するよき舞台であり、また上海にいた林房雄自身もその人生の最もよき時代にいたのかもしれない。

第三節　「理想国家」満洲

林房雄がはじめて満洲を訪れたのは一九三九年一〇月から一二月の間で、同行者は小林秀雄であった。この満洲旅行には、『新しき土（満洲紀行）』という同名の紀行文二篇、

『亜細亜の旅人』という随筆集、および『大陸の花嫁』『東洋の満月』という二篇の長編小説があった。

林房雄はまず「無」と「新」というキーワードで満洲建国の妥当性を強調し、満洲を歴史も文化も国家的所属もない新天地として描いたのである。

「満洲国は広い国である。広漠という文字がそのままあてはまる。だが、縦が狭い。歴史と伝統が浅い。文化がない。すべてが未来に属する。(16)」満洲の歴史と文化を否定することは、満洲に原住民があることと、満洲が中国の領土であった歴史を否定するに等しい。「すべてが未来に属する」とは、日本が植民地政権の偽満洲国を建てる正義性を主張し、また日本の満洲侵略を「満洲開拓」に帰することである。そのうえ、「すべてが未来に属する」満洲では、一切が無から生まれる新しいもので、長い歴史に由来する難解な問題も、日常生活に由来する煩悩もなく、まさしく狭い日本の現実と日常を超越する理想的な新天地である。

この理想的な新天地の満洲は「日本」に相対する空間として描かれた。

たとえば『大陸の花嫁』という小説の中で、林房雄は三つの空間を作り上げた。

一つ目は主人公山田健一と浜村文代の故郷、日本の海辺の小さな漁村である。代々漁業に頼って生きてきたこの静かで美しい漁村は近代化の影響で騒がしくなってしまう。漁業をやめて村を観光地にしようとする文代の父親と、村の伝統を守ろうとする健一の父親は仲が悪くなったため、愛し合っている文代と健一の結婚が不可能になってしまった。文代は観光に来た男爵と知り合い、健一は父親の命令で東京に行く。

この海辺の漁村は林房雄の故郷大分によく似ている。『青年』にも海辺の風景画が心の故郷と日本の象徴として描かれたことを考えに入れれば、ここは林房雄の心の中の「日本」と推定してもよかろう。[17]しかし、この漁村は近代化の影響でその美しい日本的な伝統を守り続けることが不可能になってしまい、若い人にとって夢を実現することができない場所になってしまったのである。土地が狭くて資源が乏しいこの漁村、ひいてこの漁村を代表とする日本では、もう近代化と伝統の衝突が解決できなくなっている。この窮境を打開する道は一つしかない。日本を抜け出して、海外に広い天地を求めることである。

二つ目は健一が東京で入った愛養塾で、日本の「大陸政策」のために存在するイデオロギッシュな空間である。「大陸雄飛」の「大理想」を持つ先生がここで満洲開拓のための人材を育成する。健一はここで故郷の村で抱えさせられた、家の倒産や恋人の裏切りといった日常的な煩悩を忘れ、国の理想を実現するために一途に心身の鍛錬に集中していた。「日清、日露の両役に於て、百萬の日本人が北満の野に屍をさらしたのは、決して日本の膨張のためのみではなかった。東洋を老朽と腐敗から救い、東漸する西方からアジアをまもるためであった。（中略）東洋を再建し、アジアを復興する大使命を実現するためには、日本はどうしても支那の横っ面をひっぱたき、新しい理想国家を満洲に建設することによって、眠れる支那に実物教育をほどこさねばならなかったのだ。[18]」健一は愛養塾で先生と先輩からこのような言葉を教えられ、満洲を「理想国家」として一途に憧れていたのである。

山中にある愛養塾は日常の雑踏から隔離された空間で、現実の中の日本と夢の中の満洲をつなぐ架け橋のような場所であった。しかも、日本はアジア復興の大使命を背負い、東漸する西方からアジアを守らなければならないという愛養塾の教えはそのまま林房雄の主張で、戦後の『大東亜戦争肯定論』とまったく同じものである。この意味から考えれば林房雄が提唱した大アジア主義は戦中戦後に渡って高度に一致している。しかし、その大アジア主義、日本は世界の雄藩にならなければならぬといった主張は、戦中には日本を帝国主義、中国侵略に導き、戦後になっても中瀬寿一が指摘したように「〝地球国家〟実現のためには日本が先頭にたつべきで、必要とあれば、第三次世界大戦も辞すべきでない、という使命感にみちあふれた、はなはだ危険な戦争挑発の思想である。[19]」といわざるをえない。東西、あるいは欧米とアジアは今日でも多くの面で対立しているため、林の主張には合理的な部分があるのは否めないが、問題はどのようにアジア諸国を団結させるかということである。かつて日本は中国をはじめとするアジアの隣国を侵略する、林の言葉を借りていえば「支那の横っ面をひっぱたく」ことによって、アジアを日本指導下の連盟体にしようとしていたが、それはアジア諸国に多大な災難をもたらし、日本をみんなの敵にしてしまったのである。林の主張は戦後になっても極端であぶない。現実面の問題をまったく無視するエモーショナルな理想主義は文学として読む場合は同感できるが、いったんそれを現実に移そうとすればたしかにはなはだ危険なことだ。文学者はやはり虚構の中に足を留めるべきではないか。

三つ目は「理想国家」満洲である。『大陸の花嫁』に描かれた満洲は日本の植民地ではない。「橋先生は、満洲を耕すことは日本を耕すことだと言われた。全くそのとおりだ。満洲が王道楽土となり理想的な国家になれば、それは自然と日本にも反映する。満洲がよくなることは日本がよくなることだ。」満洲は日本の難問を解決する可能性を十分に孕んでいて、日本の現実を超える理想的な国として描かれたことは明らかだ。『大陸の花嫁』の舞台は主に日本の漁村と東京であるが、一方、いざこざに満ちているそれらの日常空間をはるかに超越する理想空間の「満洲」が君臨している。健一と文代との揉め事も、両方の父親の矛盾も、男爵の放蕩な生活も、すべて若者たちの満洲行によって解決されたのである。

このように、『大陸の花嫁』には、日常的な日本の海辺の漁村、日常から夢へわたる大陸への移民教育を行う愛養塾、夢の理想国家満洲という三つの空間が築き上げられたが、最後に二八人の花嫁が満洲に行って満洲移民の花婿に迎えられるハッピーエンドで結ばれる。満洲は日本の「大陸雄飛」の夢を実現する礎となり、日本のすべての問題を解決できるスーパースペースになっている。林房雄の大アジア主義にもとづく夢の空間である。

二年後の一九四一年、林房雄がもう一篇の長編小説『東洋の満月』を上梓したが、これも日本青年が満洲へ渡って、満洲の中国青年と手を握っていっしょに理想国を作る話である。『大陸の花嫁』は日本を主な舞台にして、日本人を主人公にしているのと違って、『東洋の満月』の舞台は完全に満洲であって、主人公も日本人と中国人になっている。そのうえ、単純に満洲を理想国家として描いたのではなく、日本人と中国人の志士が東洋の理想のために満洲ではらった犠牲を強調し、それを忠霊塔に凝集させたのである。「忠霊塔は旅順にもある。奉天にもある。満洲の到るところの都会にある。すべて日本人の魂と骨を祭ってある。満洲という国を迂濶に考えては駄目だぞ。日清、日露の役、満洲事変、ソ連との国境紛争、匪賊の討伐、鉄道の警備、ありとあらゆる戦闘で、日本人は骨をこの土地の黄塵の中にさらしてきたのだ。」[20] 林房雄は忠霊塔を通して日本人が満洲のために払った多大な犠牲を表し、満洲建国の正当性を暗示している。

『東洋の満月』の後記「新しき土（満洲紀行）」の中で、林房雄は『東洋の満月』を創作する動機を表明した。「私はその中に満洲国の『詩と真実』を描いたつもりだ。[21]」「詩」は満洲を理想国家として描くことで、「真実」は忠霊塔に象徴される日本人の犠牲のことと理解してよかろう。といっても、『東洋の満月』における「満洲」はその本質においてやはり夢と理想に満ちた幻の空間にほかならない。

しかし、翌年の一九四二年に執筆し始めた『青年の国』となれば、林房雄は満洲と北京で「建国志士」たちに会ったり、資料を調べたりして、満洲の実相が次第にわかってきたため、「理想国家」のイメージが打ち破られ、理想と現実の矛盾を意識し始めたのである。『青年の国』はもともと満洲建国記念のために委託された作品だった。前述の『東洋の満月』の後記で、林房雄はこう述べたことがある。「来年は満洲国の建国十周年である。幸いに私は選ばれて『満洲建国記』を執筆することになった。」ところが、この『青年の国』は結局満洲を謳歌する純粋な国策文学ではなく、むしろ満洲の建国理想と現実との落差を暴いた作品となってしまった。満洲建国前史として書かれた第1部のテクストの期間は一九二八年から一九二九年までで、張作霖爆殺事件と張学良易幟《えきし》事件で騒然とした奉天を中心に、日本人の「建国志士」や親日派の中国人が次々に登場し、満鉄をはじめとする官僚機構と揉み合いながら、議会を開き、「満蒙独立国」建国を推し進めていったことが主線ではあるが、登場人物が多すぎて、作中の対話も図式的な政治理念ばかりで、小説としてたいへん読みづらいものである。

この作品は満洲国に対する林房雄の思索と懐疑を示した。「ロシアもアメリカも鉄道を中心に帝国建設を計画した。ただ日本人だけがせっかく満鉄をロシアから受継ぎながら、大陸発展の拠点だとか権益の擁護だとかの空念仏でお茶を濁し、エムパイア・ビルディングの大理想には思い及ばなかったのだ。[22]」林は登場人物の口を借りて日本の政党政治への不満とお金を儲けようという目的だけに目を眩まされた満鉄をはじめとする日本の植民地政策を批判したうえ、五族協和を唱える満洲の建国理念が満洲の実情と大きく違っていることを指摘した。「支那側の政治は、奉天城内の張学良邸と総司令公署をめぐって怪しく渦巻き、日本側の政治は関東軍司令部、関東庁、満鉄本社、沿線各地の領事館と居留民会、即ち全長一千キロの鉄道線路に沿って、不気味な導火線のようにぶすぶすといぶっていた。」結局、日本側と中国側の鋭い対立と、鉄道沿線だけにその活動範囲を限られる奇怪な植民地の生態こそ、満洲の現実であり、建国理念の五族協和、王道楽土とははなはだ程遠いものである。林自身も戦後になって、『大東亜戦争肯定論』の中で、満洲国の真相を暴いたため軍部の検査に引っかかって「そのために『青年の国』は発禁になった」ことを根拠に、自分の戦時中の「政治的潔白」を証明しようとした。といって、彼は『青年の国』の中で満洲建国の妥当性と必要性を否定したことはなかった。「満洲建国は明治維新の正しき帰結であり発展であった」と表明した林房雄はあくまでも現実を無視する理想家でしかなかった。そして、『大東亜戦争肯定論』の中で「理想家は王道を信じる。だが現実の政治、特に戦争はこれをうけつけない。（中略）私もまた『王道実現の夢』をいだきつつ死の床につく一人でありたい。」と表明したのである。死ぬまで「王道実現の夢」を放棄しないと断固としていい張る林房雄の意気込みには、戦中戦後にわたって国家主義と大アジア主義を固執してきた彼の政治理念がはっきりと読み取れよう。

『青年の国』は林房雄の中国認識の転換を示している。日本の中国侵略を一途に褒めたたえ、満洲をはじめとする中国大陸を占領しさえすれば日本の「大陸雄飛」の夢が実現できると信じ込んだ段階から、中国における日本の植民地政治の実態がわかりつつ、日本ないしアジアを守るために拡張は避けられないものだと依然として固持しながらも、日本の政治にいささか失望感を覚え、情熱的な夢から冷めて現実に目を向けるようになったのである。

第四節　「失われた都」南京

林房雄が南京に行ったのは一九四〇年で、第三回大東亜文学者大会に参加するためであった。戦後、失意の中に陥った時、林はかつての中国体験を懐かしみ、中国を舞台とする短編小説を数篇創作したが、なかには三島由紀夫に「林氏の書いた短篇の最高の作品」と褒めたたえられた『四つの文字』が含まれている。汪兆銘政権時代の南京を訪れた日本知識人「私」が汪政権のある高官に面会したが、この高官は汪政権の破滅とともに自殺したという話である。

『四つの文字』の中で、林房雄は二つの比喩を使って、破滅的な運命を持つ南京を抽象的に描いた。一つ目は花火である。「南京に行って、あなたの見るものは花火だけですよ。[23]」花火はごく短時間に眩しく閃くが、消えてしまったあとは暗闇だけが残されてしまう。それは豪奢をきわめる汪政権下の南京の短命を暗示している。二つ目は豪華船である。「政府を一隻の豪華船にたとえてみよう。船長も乗客も、この船は必ず目的の港につくと信じている。客の中に一人だけ、この船が必ず沈むことを知っている男がいる。」必ず沈む豪華船は汪政権の運命を示しているだけではなく、日本と手を結んで大東亜を建設しようとする汪兆銘の政治理想の破滅をも象徴している。花火と豪華船の比喩を通して、林房雄は汪政権時代の南京に代表される、戦時中の日本の自己膨張の夢と国家主義の高揚、大アジア主義の理想の破綻を示したのである。

また、南京の破滅を最初から知りつつ、この豪華船に乗って、両手を血に塗《まみ》れさせ、自分をその夢のなかに溺れさせようとする汪政権の高官は、林房雄自身の姿を偲ばせている。「彼は南京政権という脆弱な豪華船の運命を知りつつ乗込んだ唯一人の乗客であった。彼は船と運命を共にした。（中略）彼は何時の頃からか、天をおそれぬ魔王の使徒に化し終わっていた虚無の使徒であり最も危険な政治家のタイプであった。」虚無的な情緒に支配され、最後の破滅を知りつつ、運命の閃く瞬間に身をゆだねて、そのハイライトの一時を楽しむ破滅型の性格を持つ男は、汪政権時代の南京の象徴でもあれば、また彼を分身とする林房雄自身でもあり、日本という国の運命でもあった。のち、『大東亜戦争肯定論』で林房雄は「東亜戦争」をこの破滅の夢にたとえて以下のように述べた。「『東亜百年戦争』はそもそもの始めから勝ち目のなかった抵抗である。しかも、戦わなければならなかった。そして、日本は戦った。何という『無謀な戦争』をわれわれは百年間戦って来たことか！」林房雄は最後の破滅を迎えつつ豪奢な夢に耽溺していた汪政権時代の南京と、勝ち目のないことを知りながらも百年間戦ってきた日本を直結することによって、理想と現実である。

の一致で邯鄲《かんたん》の夢に甘く溺れていた戦時中の自分を懐かしみ、虚無への郷愁を述べたので

『四つの文字』の中で南京は「失われた都」と呼ばれた。ここでいう「失われた」とは、二重の意味があると思われる。まず、政治理念の面からいえば、「アジアは一つ」を主張し、「大東亜戦争」はあくまでもアジア諸民族の独立解放を求めるための正義的なものと信じ、日本がアジアの指導者を担当してアジア諸民族を率いて欧米に対抗すべきだと主張する林房雄の政治信念が、日本の敗戦で破れたという意味が含まれている。すなわち、「失われた」のは林房雄の政治理想である。次に、生活の面からいえば、プロレタリア文学運動を離れたあとの林房雄は、左翼から右翼へと直角的に急変した自分の政治理念がそのまま当時の日本政府の政策と合致した一面があるのを幸いにして、時流にうまく便乗し、中国で有名な日本文化人として活躍し、また中国を舞台に盛んな創作活動を行ったが、日本の敗戦で、戦犯文化人として追放され、一時文壇から排斥され、作品発表が難しくなり、一家の生活が窮境に追い込まれてしまったため、中国での華々しい過去が急に過ぎ去った夢のようにはかないものとして思い出されてしまうのであろう。いわば、「失われた」のは政治理想が現実化しようとすることへの中国における林房雄の期待に満ちた日々であり、人生のよき時代でもあろう。

第五節　おわりに

要するに、林房雄の中国は、日本との対置の中で描かれた、日本のための中国であり、彼自身の政治理想とエモーションを載せた幻想空間である。

林房雄は「日本の国土は作者のふるさとである。（中略）この美しい日本の国土のために戦っているものの、少なくとも、その一人であることを、誇りをもって思いうかべたからである。」と、祖国日本への愛を『青年』の時代からすでに表明し、それはのちほど民族主義、国家主義、大アジア主義へと発展し、最後は『大東亜戦争肯定論』における極端な大東亜主義となってしまったのである。林房雄における中国はその本質においてふるさと日本のために存在するものであり、日本を「世界の雄藩」に築き上げるのに欠かせない補充と救済でしかなかった。そして林房雄は「勤皇の心」において「大正、昭和期の知識階級が勤皇の心に眼覚めるためには、満洲事変と日支事変を待たねばならなかった。[24]」と明言した。東漸する西方の勢力に対抗するには小さな島国の日本は力不足だ。そのために、中国という巨大な隣国の協力が必要だと林房雄は主張したのである。それで『青年の国』に西郷隆盛の『南洲遺訓』を登場させ、「亜細亜は一つならざるべからず」との悲願を記し、『大東亜戦争肯定論』に西郷隆盛のほかに、薩摩藩主島津斉彬の「大陸出撃論」などを引いて、中国との連携の不可欠であることを繰り返し強調している。これは林房雄の持論となり、彼の大アジア主義の重要な一環となった。そのため、林房雄が描いた上海は「アジアは一つ」という政治理念のために存在するイデオロギッシュな空間であり、満洲は日本の現実的な窮境の最終解決である「理想国家」である。一方、北京は林房雄の戦時中の華やかな生活への追憶をいっぱい載せ、理想と現実の落差に悩まされた時の退廃的な雰囲気に満たされ、南京は林のエモーショナルな政治理想の破産を象徴し、失われた都、ないし林房雄自身の失われた戦時中の夢のような歳月の残像として描かれたのである。

日本が敗戦し、林房雄の政治理想も「大日本帝国」という自己膨張の夢とともに敗れた時、彼は『大東亜戦争肯定論』においてもう一度アジアの救い道を中国に求め始めた。

この新帝国（中華人民共和国）は日本の抵抗のマイナス面たる「中国侵略」を逆利用することによって、アジアの最強大国として旧シナ帝国を復活させた。アジア・アフリカの新興独立国の人気と希望はほとんどすべてこの新帝国に集中していると言ってもいい。中共自身も、これらの国々の「希望の星」たることを自任し、そうなることに意識的努力をはらっているように見える。そのためにはますます反米主義を強調し、同時に反ソ闘争も展開しなければならぬ。これを私は「中共の悲壮な使命」と呼ぶ。日本の「百年戦争」を期せずして中共が継承したことになる。

少々長い引用になったが、新中国がアジアの引率者として欧米に対抗する日本の使命を継承するという言葉から考えれば、林房雄はかつて満洲を日本の救い道と見なしたのと同じように、新中国を敗戦後の日本の希望にしているのではなかろうか。

（1）林房雄：「絵のない絵本」『文壇新人叢書　第3篇』春陽堂、一九二六年。以下同作の引用は頁と出典を表示しないことにする。
（2）林房雄：「随想北京」『公論』一九四二年八月。以下同作の引用は頁と出典を表示しないことにする。
（3）林房雄：「随想北京」『公論』一九四二年九月。
（4）林房雄：「北京の壺」『香妃の妹』後藤書店、一九四六年。以下同作の引用は頁と出典を表示しないことにする。
（5）林房雄：「文学的回想」『林房雄著作集　第2』翼書院、一九六九年。
（6）林房雄：「香妃の妹」『香妃の妹』後藤書店、一九四六年。以下同作の引用は頁と出典を表示しないことにする。
（7）林房雄：『戦争の横顔：文学者は戦線で何を見たか』春秋社、一九三七年。以下同作の引用は頁と出典を表示しないことにする。
(8) 林房雄：「はしがき」『牧場物語：［他二篇］』第一書房、一九三八年。
(9) 林房雄：「漢奸の娘」『牧場物語：［他二篇］』第一書房、一九三八年。以下同作の引用は頁と出典を表示しないことにする。
(10) 平林たい子：「林房雄さんと私」『自伝的交友録・実感的作家論』文芸春秋新社、一九六〇年。
(11) 陈言：从战地记者到〝文化使节〞——试论林房雄在日占区的角色转换及其中国观《抗日战争研究》二〇一二年一一月。
(12) 諸戸歩：「林房雄論——戦犯文化人」『文化革命』一九四八年一一月。
(13) 张庸吾：作者介绍、林房雄著、张庸吾译《青年》太平书局、一九四三年。
(14) 林房雄：『大東亜戦争肯定論』番町書房、一九八一年。以下同作の引用は頁と出典を表示しないことにする。
(15) 三島由紀夫：「林房雄論」『新潮』一九六三年一月。以下同作の引用は頁と出典を表示しないことにする。
(16) 林房雄：「新しき土（満洲紀行）」『新選随筆感想叢書　亜細亜の旅人』金星堂、一九四〇年。
(17) 林房雄：「青年」『現代文学館28　林房雄・島木健作』文藝春秋、一九六九年を参照。
(18) 林房雄：『大陸の花嫁』第一書房、一九三九年。以下同作の引用は頁と出典を表示しないことにする。
(19) 中瀬寿一：「『近代化』論と歴史学（一）——林房雄『大東亜戦争肯定論』の批判を中心に」『歴史評論』一九六四年六月。
(20) 林房雄：『東洋の満月』時代社、一九四一年。
(21) 林房雄：「新しき土（満洲紀行）」『東洋の満月』時代社、一九四一年。以下同作の引用は頁と出典を表示しないことにする。

(22) 林房雄：『青年の国　第1部』文芸春秋社、一九四三年。以下同作の引用は頁と出典を表示しないことにする。
(23) 林房雄：「四つの文字」『妖魚』新潮社、一九五一年。以下同作の引用は頁と出典を表示しないことにする。
(24) 林房雄：「勤皇の心」『現代日本文学大系61』筑摩書房、一九七〇年。

終章

これまで、プロレタリア作家の平林たい子、里村欣三、黒島伝治、中西伊之助と林房雄が描いた中国像を中心に、日本近代文学の中の中国像を論じてきた。この中で、平林たい子、里村欣三、黒島伝治、中西伊之助の四人は『文芸戦線』の作家で、主に苦力、農民、下級兵士、炭坑の労働者などを中心とする中国の下層民衆を描いてきたが、中では里村欣三は転向後戦争文学の中で植民地と戦場としての中国を描いた。そして『戦旗』派の林房雄はそのプロレタリア作家時代にも幻想の中の中国を描いたことがあるが、主に転向後国策文学において中国を政治的な空間として描いたのである。彼らの描いた中国像は明治大正時代のいわゆる芸術派の作家たちと大きく異なっていて、古代中国への郷愁も近代中国への嫌悪もなかった。その代わり、彼らは一切の異国趣味を切り捨て、もっと中国の暗い裏面に目をそそぎ、もっと中国の真相に肉薄していったのである。

彼らの中国像に影響を及ぼしたのはプロレタリア文学に共通な階級意識のほか、主に次のようなものがあると考えられる。

一　プロレタリア・インターナショナリムズ

プロレタリア文学の最初の機関誌『種蒔く人』は小牧近江らがプロレタリア・インター

ナショナリズムの立場に立って創刊した同人誌である。プロレタリアートには階級こそあれ、祖国はないというレーニンの国際主義の視点から、日本のプロレタリア文学は最初から日本の無産階級だけに目を向けるのではなく、コミンテルンとかかわり合いながら、朝鮮や中国の労農大衆をはじめとする海外のプロレタリアートに目を向けつつあった。小説の面では早くから、里村欣三の『苦力頭の表情』のような中国の苦力を兄弟と呼ぶ作品と、また平林たい子の『敷設列車』や中西伊之助の『軍閥』のような中国人の労働者を主人公として、彼らの階級闘争を描いた作品が登場し、さらに黒島伝治の『武装せる市街』のような中国人労働者と日本人兵士との国境を越えた階級的連帯感を描写した作品まで生まれたのである。これらの作品のいずれにも国境を越えたプロレタリアートの階級意識が大きく働いている。

が、『文芸戦線』の作家たちはマルクス主義の理論を理解したうえで階級意識を形成したのではなく、実際の肉体労働の体験から自然発生的に搾取された者の憤懣を感じ、資本主義社会に反逆しようとする情緒が生じてきて、同じく被搾取者に対しておのずから同情心が湧いてくるのである。いわば、彼らは中国の民衆を、日本帝国主義侵略拡張の被害者として、あるいは、マルクスのいう資本主義社会における剰余価値を搾取された者としてではなく、自分と同じ境遇にいる者、自分と同じように一生懸命に働いても楽に生きることのできない、虐げられた者として描いたのである。そこにあるのは同じくいじめられ、同じく生きていく道を奪われた者同士の質素な感情的共鳴にほかならない。

しかし、『文芸戦線』の作家たちは自分が日本帝国主義国家の一員として中国民衆に多大な災難をもたらした加害者であることを意識するまでには至らなかった。自分は中国の労働者に同情している、彼らといっしょに資本主義社会や帝国主義戦争に反対しているという階級的な自意識は、彼らの国籍的な身分と絡んで、往々にして矛盾に満ちた中国像を生ませたのである。

このことは平林たい子、里村欣三、黒島伝治、中西伊之助のどちらにしても同じであるが、四人はまたそれぞれ違うところもあった。

平林たい子は最初のときあまりにも自分の苦痛だけに気を取られて周りの中国人に注意を払う余裕がなかった。それから「調べた芸術」の方法を獲得して中国人を主人公として『敷設列車』を書いたが、その視点は絶えず中国人側から遊離し、日本人側に戻ったりしていた。そのため、『敷設列車』は中国人労働者を階級闘争の主体として描きながら、日本人監督の目に映る中国人を他者化しようとした傾向が免れなかった。

それから、中国人苦力といっしょに働く経験から中国人を兄弟と呼んだ里村欣三は自分を帝国日本から植民地満洲に来た放浪者に位置づけ、中国人をあくまでも放浪体験の一部分として眺め、実感を盛り込めなかった。そのため、里村は苦力の仲間に入ろうとしていたにもかかわらず、彼らを汚い者として描いたり、牛などにたとえたりして、その生存状態を不可思議なものでもあるかのように好奇心と軽蔑心を持って、距離をおいて眺めていたのである。苦力に向けられた里村の視線はたぶん無意識のものではあろうが、やはり日本人の視線であり、完全なプロレタリアートの視線ではなかった。

平林たい子や里村欣三に比べてみれば、黒島伝治のほうは中国人といっしょに働く経験はなかったにもかかわらず、帝国主義戦争と日本の植民地資本によってもたらされた中国人の苦痛を真正面から描き、日本兵士の反戦と中国人労働者の階級的な解放をつなぎ合わせて考え、ずっと社会的な広がりを持って中国人像を作り上げたのである。しかし、取材旅行だけで中国を体験した黒島伝治の中国人についての描写はたいへん観念的で図式的なものにとどまっていて、本当の中国人の実感に深入りできなかった。黒島が描いた中国人像は真実感の欠ける平面化されたものでしかないといわざるをえない。

いちばん真実的に中国を描いたのはむしろ今の文学評論界に忘れ去られた中西伊之助のほうである。中西は完全に中国人の立場に立って、中国の都会と農村における搾取構造を明らかにし、軍閥政治の残虐性を暴露し、躍動的に中国民衆の目覚めと反抗を描き出したのである。しかし残念なことに、中西伊之助の中国題材大作『軍閥』が刊行されたのはすでにプロレタリア文学が退潮したあとで、このすぐれた大長編は歴史の棚にあげられてしまい、ついに大きな評判を呼ぶことができなかった。

このようにプロレタリア・インターナショナリムズは『文芸戦線』の作家たちに国境を越えた国際的な視点を持たせたが、真のマルクス主義理論の欠如と日本帝国主義イデオロギーの影響のため、彼らの多くは中国人の内部に潜る視線を獲得せずに、表層的で図式的な中国人像しか作り上げられなかった。

二　帝国主義

里村欣三が徴兵忌避で満洲に逃げたのは一九二二年で、平林たい子が関東大震災後に制定された治安維持法のために日本に居づらくなって満洲を放浪したのは一九二四年であった。いずれも南満洲鉄道株式会社が成立した一九〇六年からすでに一五年以上経ち、満鉄が鉄道沿線を日本の植民地にしていた時代であった。満洲全体が植民地化された一九三一年の満洲事変と一九三二年の偽満洲国成立までまだ一〇年ほどあるが、里村も平林も満洲を「植民地」と呼んでいた。そのため、二人とも社会主義者であるために日本に居づらくなったにもかかわらず、その満洲体験文学において帝国主義イデオロギーを少なからず取り込んでいたのである。

平林たい子は妊娠の身で満洲を放浪し、恋人を日本憲兵に逮捕され、一人で救世軍の慈善病院で子供を産んだが、生まれた子供が脚気に病んだ彼女の乳を飲んで死んでしまったのである。こういう過酷な体験は平林たい子の注意力をもっぱら内面に向かわせて、彼女に愛情か革命かの選択を迫らせ、生死のジレンマに立たせたのである。このような状況の中で、平林たい子はまったく周りの中国人に目を向ける余裕を持っていなかった。彼女は深く考えることもなく当時の時流に従って満洲を「植民地」と呼び、長い辮髪を垂らした中国人の苦力や車夫たちを植民地の荒涼たる風景の一部と見なしていた。中国人労働者の革命的な動きを正面から取り上げた『敷設列車』でさえ、日本人監督の立場に立って中国人を卑しく描いた場面が多かった。

里村欣三も同じ傾向がある。中国の苦力といっしょに働いたが、里村は終始自分を異国の放浪者として位置づけ、ほんの少しだけの不安定な収入で生きている苦力の生き方を傍観し、またそれを自分の生き方と比べて、苦力を不可思議な人間と見ていた。一九三一年従軍記者として三度目に満洲に渡ったあたりから、里村欣三はもう完全に苦力を植民地の他者と見なし、自分自身を帝国日本の臣民として自任していた。この転換の裏には階級的連帯感よりも日本人という民族意識、国家意識に対する執着があった。それはのちの里村欣三の転向を促した最も根本的な原因だと思われる。

表面から見れば、平林たい子も里村欣三も中国人のためにいろいろ考えて、中国人に階級的な友情を持っているとは見えるが、しかし、その本質において二人とも中国人を他者化する傾向から脱出することを完全に成し遂げられなかったのである。

三　反戦意識

中国に対する日本の拡張が植民侵略戦争であることを明確に意識したのは黒島伝治である。彼はブルジョアジーの作家たちのいわゆる反戦文学はすべて個人の立場に立った厭戦文学でしかないことを指摘したうえで、「帝国主義的、――軍国主義的実質を曝露し、労働者農民大衆に働きかけ、大衆をして奮起させることは、プロレタリア文学の任務である。(1)」と述べ、反戦文学を反帝国主義と反軍国主義の文学と定義し、プロレタリアートの階級的解放のための戦争を支持する意を表した。

そのため、黒島伝治は「シベリアもの」においても「中国もの」においても反戦反軍の主題を一貫して描き、軍隊内部の階層性を批判し、シベリアや中国における日本軍隊の残虐な行為を徹底的に批判した。特に『済南』『チチハルまで』『防備隊』『前哨』『武装せる市街』といった「中国もの」において、黒島伝治は日本と中国、日本の植民地資本と中国の労働者、日本軍隊と中国の平民といった一連の二元対立の構造を築き上げ、重層した対立を通して、日本の対外植民拡張を批判し、日本軍隊の内部構造を暴露したのである。しかも、黒島伝治はわずか二ヶ月の中国取材旅行の見聞とそこで集めた材料を活用し、たくさんの細部描写を通して、戦乱に陥った一般の中国民衆の苦しみを描き、いじめられ、殺される中国人を通して、帝国主義戦争の残酷さを暴露し、徹底的に批判したのである。

たとえば「奉天市街を歩く」にこんな文がある。「そこには、日本人は、彼一人だった。多くの支那人は、逃げることを急いで、一人の日本人に憎悪を示すひまがなかった。[2]」戦乱でふるさとを追い払われ、亡命の道に赴く多くの中国人と、済南事件を取り扱う長編小説の取材旅行で中国に来た一人の日本人が対照的になっている。中国人は日本人を憎悪すべきだが、憎悪する暇もなかった。ここで黒島伝治は日本の対中国侵略の本質を見抜き、日本人を憎悪していても憎悪の意を表す余裕さえない中国人の憤怒と悲哀を伝えている。

祖父江昭二は黒島の『武装せる市街』を評価するとき、「主体的に日本の問題にたちむかうものにのみ、中国はその真のすがたを示す。[3]」と書いていた。黒島伝治の中国像は日本帝国主義戦争に反対する立場から出発し、日本の植民地資本に搾取された中国の労働者との共鳴と、日本の侵略に多大な被害を受けた中国民衆への同情によるものである。それは確固たる帝国主義戦争批判と資本主義社会批判を基点とする、やや図式的なところがあるにもかかわらず、正しい中国理解であるといえよう。

四　大東亜主義

本書で取り上げた五人のプロレタリア作家のうち、平林たい子と黒島伝治はプロレタリア文学が退潮したあと、病気のせいで、文壇から一時遠ざかって、戦争時代をほとんど病臥のままで過ごしてしまった。それは人生の不幸ではあるが、一方では戦争協力者になる可能性をなくした幸運でもあったろう。また、中西伊之助は戦争に協力しないままで、創作の量を減らし、沈黙に近い状態で戦争時代をしのいできたのである。彼ら三人に比べてみれば、里村欣三と林房雄は戦時中に戦争に加担し、大活躍していた。里村も林も当時の日本軍国主義政府の宣伝をそのまま信じ込み、日本の対中国侵略戦争を本質的に認め、それを、日本がアジアの指導者となってアジア諸国を導いて欧米に拮抗するアジア解放戦争として賛美していた。

里村欣三は戦場の法則に従って兵士になり、除隊したあとで国策文学をたくさん創作し、かつてのプロレタリア作家時代の貧困な生活を一気に変え、華々しい出世をすることができた。周囲に認められることはプロレタリア作家時代に政府から睨まれ、田舎の隣近所から孤立された里村を支える大きな精神的力となったのである。いわば、個人の精神世界の渇望と戦時中における日本という国家の集団意識がうまく合致したため、里村欣三は戦時中をその人生のいちばんよき時代として過ごせたのである。

林房雄にも里村欣三と似た節がある。林は若い時から現実批判の精神の持ち主で、いつも現状打破の夢を見ていた反逆児であった。戦争が始まると、日本という国全体が対外拡張を通して国土が狭くて欧米に対抗する力を持っていない現状を変えようとする夢を見るようになり、民族の集団意識となった狂信は、林個人の反逆の精神と一致したため、林にかつてない創作の原動力を提供するようになった。林房雄は大東亜の建設を理想として持ち、「アジアは一つ」という理念のもとで中国を日本と同じアジア民族の国として描いたのである。林房雄が書いた「中国もの」はロマンチックな政治的幻想に満ちた、情熱的な文学である。

アジア主義から大東亜主義へと、里村欣三も林房雄も戦争の進展に従って、日本軍国主義政府の主張をそのまま認めて、戦時中の花形国策文学作家として活躍し、そのプロレタリア作家時代の信念を完全に否定した。転向後の彼らは中国を日本の協力者として描き、大東亜共栄圏の夢の一環として描いたのである。

このように、プロレタリア作家はそのプロレタリア作家時代と転向後においていろいろな形で中国を体験し、中国を描いてきた。彼らの中国はあるいは下に潜る視線でしか見えないような裏の現実的な中国であり、あるいは政治空間としての符号化された中国である。

いずれにしても、それは錯綜する人と空間で織り出された真実の中国像であった。

（1）黒島伝治：「反戦文学論」『近代文学評論大系　第6巻』角川書店、一九九一年。
（2）黒島伝治：「奉天市街を歩く」『黒島伝治全集　第三巻』筑摩書房、一九七〇年。
（3）祖父江昭二：『近代日本文学への射程——その視角と基盤と』未来社、一九九八年。

あとがき

およそ二〇〇〇年頃、大学の図書館で竹内実の『日本人にとっての中国像』（岩波書店、一九九二年）をはじめて読んだとき、日本文学にはこんなに中国のことが書かれているのかと、たいへん感動した。その後、博士課程に入って、「近代日本文学における中国像」を卒論テーマにして、一九四五年までの中国を描く代表的なテクストを選んで、研究をすすめていた。博士課程修了後、さらに一九四五年以降の「現代日本文学における中国像」をテーマに、中国広東省の社会科学基金を申請した。プロレタリア文学に描かれた中国像を研究し始めたのは二〇一〇年あたりで、二〇一九年「日本左翼作家が描いた中国像」というテーマで、中国国家社会科学基金に入選できた。数多くある中国を舞台とする作品の中で特にプロレタリア文学に集中したのは、プロレタリア作家の堅実で素朴な手法と、広い社会的関心と、苛烈な中国体験に深く心を打たれたためである。

プロレタリア作家といっても、労農派の平林たい子、里村欣三、黒島伝治のような働き人出身の作家もあれば、林房雄、鹿地亘、前田河広一郎、野間宏のような学生出身の作家もいるが、彼らはいずれにしても激しく揺れ動いていた時代を生き抜き、身をもってプロレタリア運動と日本の軍国主義戦争を体験していた。その波乱万丈の人生と中国とのイデオロギー的な深いかかわりがおのずと彼らの文学を広く大きくしたのである。その広さと大きさは、自然主義に深く影響された伝統的な日本近代の文学とも、生活そのものがあまり単純しすぎたため書く素材をあまり持っていずに現実と幻想の境をさまようような今時の日本の文学とも、根本的に違っている。その違いに着目して、私はこれらプロレタリア作家の描いた中国像を解読してきたのであるが、はたして今までのプロレタリア文学論に何ほどのことを加えたか、いささかも自信を持っていないが、作家の中国体験を考察したうえで、社会性と階級性をキーワードに、プロレタリア作家の中国体験文学と中国題材文学の原点を明らかにしたという点は、拙著の新しさではないかと思っている。

これから、林房雄と前田河広一郎の転向後の中国題材文学、鹿地亘の「抗日」戦争活動と文学創作、村山知義の中国題材劇文学、野間宏が描いた新中国像などを取り上げて、さらに研究をすすめていきたいと考えている。

プロレタリア文学のほかに、楊逸や温又柔などを代表とする中国人の日本語文学や、

『上海人が東京にいる』『東京には愛情がない』といった中国語で書かれた日本体験文学や、今中国で大流行しているネット文学における日本像にも関心を持って、何点かの論文を発表しているが、これからプロレタリア文学の研究と並行して、こういった方向でも研究を行いたいと考えている。

拙著を書くにあたって、中央大学法学部の広岡守穂先生が多大な支持をくださった。章立てから言葉遣いまで広岡先生からほんとうに多くのご指導をいただき、心より感謝の意を申し上げたい。コロナ騒ぎの最中、しばらく日本に行くことはできなくなったが、いつか平穏な日々が戻って、もう一度広岡先生ご夫婦といっしょに、作家のエピソードを肴に日本の梅酒を飲むのを楽しみにしている。

解説

広岡　守穂

1.

李雁南華南師範大学教授は日本文学の気鋭の研究者である。わたしが取りまとめをしてきた中央大学政策文化総合研究所の研究プロジェクトに参加し、毎年、意欲的に論考を発表してきた。研究プロジェクトのテーマは東アジアにおける文学の社会的役割を考えることで、李雁南教授は日本人作家の中国観と中国人の日本体験を中心に幅広い関心をしめしてきた。二〇一九年七月に石川県金沢市で開催されたシンポジウムでは、中国で大ヒットしたテレビドラマ『上海人が東京にいる』を論じてたいへん注目を浴びたものだった。

本書は平林たい子、里村欣三、黒島伝治、中西伊之助、林房雄を中心に、一九三〇年代に活躍したプロレタリア作家の中国体験を論じている。五人の作家は今ではほとんど読まれていないから知らない人も多いだろう。林房雄や平林たい子はともかく、里村欣三や中西伊之助となると、ほとんどの人は名前も知らないのではないだろうか。そのうえ社会主義国の研究者がプロレタリア作家を論じるのであるから、最初から色眼鏡で見る人もいないとは限らない。というわけで老婆心から、簡単な解説を買って出た。

2.

日本は大昔から中国文化圏に属した国で、長い間、中国から深い影響を受けてきた。しかし文学に対する考え方や感じ方は随分違う。

唐代に書かれた『遊仙窟』は、若い男が秘境で美しい女性に出会って恋に落ちるが、明け方にカラスが騒いで邪魔されるという物語である。日本につたわると平安貴族の間に大いに珍重され、その恋愛観に多大の影響を与えた。「三千世界のカラスを殺し、うぬと朝寝がしてみたい」という高杉晋作の都々逸はこの故事にもとづくのである。

『遊仙窟』は中国では早くに失われ日本にだけ残った。いわゆる佚存書である。なぜ早々に失われたかといえば、エロ本のたぐいに見られていたからだと丸谷才一氏は書いている。そういわれてみると、たしかに日中の文学における恋愛観はずいぶん隔たっている。その証拠に『万葉集』は恋の歌ばかりだが、『唐詩選』には恋の歌は皆無に近い。

こういう違いは現代にも生きている。わたしが愛読している詩人舒婷（一九五二年〜）に

「致橡樹」という有名な愛の詩があるが、肉感的なところはまったくない。「致橡樹」は愛と尊敬がみごとに形象化された詩である。

3.

文学者の自意識の違いはもっと深い。恋愛文学にかぎることではないのである。

一九九〇年だからだいぶ前のことになるが、中国の若い日本文学研究者たちと意見を交わしたことがある。そのとき日本文学は面白くない、夏目漱石も芥川龍之介も退屈だと口々にいわれてびっくりしたものだった。理由を聞くと、ワクワクするストーリー展開がないからということだった。

中国の近代文学も、人間存在の本質と社会のあり方を見つめるところから出発したことは日本と同じである。魯迅の「阿Q正伝」は、中国民衆に対する深い洞察から生み出された作品だった。田山花袋の「蒲団」が人間性に巣くう醜さを直視しようとしたのと同じ性質を共有している。

ところが、出発点は同じでも視線の向かう先はだいぶ違う。田山花袋は「蒲団」で自己の恋愛感情と性欲を直視しようとしているが、魯迅が見つめているものは他者と中国の習慣である。

4. 文学者の自意識の違いは文学研究者の問題意識の違いにもはっきりとあらわれる。

本書を読んでいてつくづく感じるのはそのことである。

取り上げられている五人の文学者のうち、平林たい子と里村欣三は私小説の色合いが濃く、中西伊之助と林房雄は大衆小説の性格が強い。黒島伝治はその中間である。平林たい子と中西伊之助はプロレタリア文学者の道をまっとうしたが、平林たい子は共産党嫌いで、中西はれっきとした日本共産党幹部になった人物である。里村欣三と林房雄は転向して中国侵略のお先棒を担いだ。里村と黒島は第二次大戦中に死去しているが、ほかの三人は戦後も生きのびて活躍した。さて李雁南氏はどういうものさしで五人を評価するのだろうか。

林房雄は戦後『大東亜戦争肯定論』を書いて物議をかもしたが、なかなかのストーリーテラーである。明治維新を描いた『青年』（一九三二年）など見事な傑作というべき作品である。それなのに『青年』は批評家たちからほとんど無視された。とりわけプロレタリア作家たちはひどい悪罵を浴びせかけた。この時点で林房雄はマルクス主義思想を捨てたわけではなかったのだから、マルクス主義陣営の側の狭量さと文学観の弱さ、そして政治戦略の拙劣さがまざまざと露呈したできごとだった。

5.

林房雄の小説はイデオロギーを度外視すれば、中国の読者好みだろうと思う。それに林は『大東亜戦争肯定論』で、日本は幕末以来、着々と世界侵略をすすめる欧米列強に対して一〇〇年戦争を挑んだのだ、そして敗れたのだと論じている。考えてみると、こういう主張など、まさしく中国の人びとにうってつけなのではないか。中国こそアヘン戦争以来、今日に至るまで一八〇年間にわたって欧米列強にいじめられつづけてきたのである。

それに林房雄は中国人に対する悪口を書かなかった。日本人のアジア蔑視は日清戦争ごろから顕著になるが、その理由は兵隊や従軍記者など大勢の人びとが朝鮮半島と大陸で現地の様子を実見したからである。きたない、貧しいという、まちの印象と、卑屈、嘘つき、利己主義という人の印象がないまぜになって民族的偏見が生まれた。だが林房雄にはそういう文章はない。いうまでもないことだが、プロレタリア国際主義に立たずとも民族的偏見から自由になることは可能なのである。それにマルクス主義にも激しい民族差別はある。

そんなことをいろいろ考えながら、じっくり本書を読んでいただきたいと思う。

（中央大学教授）

著者紹介

李雁南（り・やんなん）

1971年3月5日生まれ

中国華南師範大学外国言語文化学院日本語学部教授。

著書には「現実とテクストの間——日本近現代文学における中国像」（中国北京大学出版社、2013年）がある。論文には「大正日本文学における「支那趣味」」（中国『国外文学』2005年8月）、「横光利一『上海』におけるマジック・レアリズム」（中国『解放軍外国語学院学報』2006年3月）、「国境と民族を超える階級性：昭和初年の日本プロレタリア文学における中国労働者像」（中国『広東教育学院学報』2006年12月）、「日本近代文学における「中国像」」（中国『暨南学報』2008年1月）、「谷崎潤一郎が描いた中国江南」（中国『解放軍外国語学院学報』2009年3月）、「大正日本文学におけるオリエンタリズム試論」（中国『華南師範大学学報』2009年6月）、「楊逸『獅子頭』における「越境」」（中国『東亜学術研究』2018年3月）、「里村欣三が描いた中国人像」（『中央大学政策文化総合研究所年報』第22号、2019年8月）、「失われた幻想空間：林房雄の「中国」」（『中央大学政策文化総合研究所年報』第23号、2020年8月）などがある。

〈現住所〉〒510631　中国広東省広州市中山大道西55号華南師範大学外国言語文化学院

本書は、下記の出版助成を受けた

中国国家社会科学基金

番号：19BWW029

題名：日本左翼作家的“中国叙事”研究

錯綜する人と空間——プロレタリア作家の中国像

2021年11月1日　初　版　第1刷発行

著者Ⓒ李　雁南／発行者　髙橋　明義

印刷・製本／亜細亜印刷

東京都文京区本郷1—8—1　〒113-0033

振替 00160-8-141750

TEL (03)3813-4511

FAX (03)3813-4514

http://www.yushindo.co.jp/

ISBN978-4-8420-8015-4

発行所　株式会社　有信堂高文社

Printed in Japan

錯綜する人と空間 ——プロレタリア作家の中国像	李雁南著	二〇〇〇円
通俗小説論 ——恋愛とデモクラシー	広岡守穂著	二二〇〇円
ジェンダーと自己実現	広岡守穂著	二七〇〇円
市民社会と自己実現	広岡守穂著	二五〇〇円
社会が変わるとはどういうことか	広岡守穂編	一八〇〇円
NPOは何を変えてきたか ——市民社会への道のり	川崎あや著	二〇〇〇円

★表示価格は本体価格（税別）

有信堂刊